O Último Adeus de Sherlock Holmes

CLÁSSICOS ZAHAR
em EDIÇÃO BOLSO DE LUXO

Sherlock Holmes (9 vols.)
Arthur Conan Doyle

As aventuras de Robin Hood
O conde de Monte Cristo
Os três mosqueteiros
Alexandre Dumas

O corcunda de Notre Dame
Victor Hugo

Mowgli: Os livros da Selva
Rudyard Kipling

A Agulha Oca*
Arsène Lupin contra Herlock Sholmes*
As confidências de Arsène Lupin*
O ladrão de casaca*
Maurice Leblanc

O Lobo do Mar
Jack London

Rei Arthur e os cavaleiros da Távola Redonda
Howard Pyle

Frankenstein
Mary Shelley

Drácula
Bram Stoker

20 mil léguas submarinas
A ilha misteriosa
Viagem ao centro da Terra
A volta ao mundo em 80 dias
Jules Verne

Homem Invisível
H.G. Wells

Títulos disponíveis também em edição comentada e ilustrada
(exceto os indicados por asterisco)
Veja a lista completa da coleção no site zahar.com.br/classicoszahar

Arthur Conan Doyle

O Último Adeus de Sherlock Holmes

Tradução:
Maria Luiza X. de A. Borges

1ª reimpressão

ZAHAR

Grafia atualizada segundo o Acordo Ortográfico da Língua Portuguesa de 1990, que entrou em vigor no Brasil em 2009.

Título original
His Last Bow

Capa
Rafael Nobre/Babilonia Cultura Editorial

Imagem da capa
© LatitudeStock – David Williams/Getty Images

Projeto gráfico
Carolina Falcão

Revisão
Carolina Sampaio
Carolina Leocádio

CIP-Brasil. Catalogação na fonte
Sindicato Nacional dos Editores de Livros, RJ

D784u Doyle, Arthur Conan, Sir, 1859-1930
O último adeus de Sherlock Holmes / Arthur Conan Doyle; tradução Maria Luiza X. de A. Borges. – 1ª ed. – Rio de Janeiro: Zahar, 2016.
il. (Clássicos Zahar; Bolso de luxo)

Tradução de: His Last Bow.
ISBN 978-85-378-1576-2

1. Ficção inglesa. I. Borges, Maria Luiza X. de A. II. Título. III. Série.

16-32996 CDD: 823
CDU: 821.111-3

[2021]

EDITORA SCHWARCZ S.A.
Praça Floriano, 19 – sala 3001
20031-050 – Rio de Janeiro – RJ
Telefone: (21) 3993-7510
www.companhiadasletras.com.br
www.blogdacompanhia.com.br
facebook.com/editorazahar
instagram.com/editorazahar
twitter.com/editorazahar

Sumário

Apresentação

Sir Arthur Conan Doyle (1859-1930) foi médico e escritor. Sua obra contempla gêneros tão diversos quanto a ficção científica, as novelas históricas, a poesia e a não ficção. Sem dúvida, porém, seu maior reconhecimento vem dos contos e romances do detetive Sherlock Holmes e seu fiel parceiro e amigo, o dr. Watson.

Os contos nunca deixaram de ser reimpressos desde que o primeiro deles foi publicado, em 1891, e os romances foram traduzidos para quase todos os idiomas. Centenas de atores encarnaram a dupla nos palcos, no rádio e nas telas; revistas e livros sobre o detetive são lançados todo ano; fã-clubes reúnem-se com regularidade. Infinitamente imitado, parodiado e citado, Holmes já foi identificado como uma das três personalidades mais conhecidas do mundo ocidental, ao lado de Mickey Mouse e do Papai Noel.

Os sete contos que compõem *O último adeus de Sherlock Holmes* foram publicados entre setembro de 1908 e setembro de 1917 pela *Strand Magazine*, periódico britânico que levou os casos e a figura de Holmes ao conhecimento do grande público. A primeira edição inglesa em livro, de 10.684 exemplares, foi lançada em 22 de outubro de 1917, por John Murray. Já a primeira edição americana foi publicada no mesmo mês por George H. Doran Company.

Analisando os recursos literários de Conan Doyle, temos uma narrativa que casa perfeitamente diálogo, descrição, caracterização e *timing*. A modéstia aparente de sua linguagem oculta um profundo reconhecimento da complexidade humana. E repare-se como o autor é hábil em colocar o leitor entre seus dois grandes protagonistas, "a meio caminho", como diz John le Carré: Holmes é genial, e o leitor nunca o alcançará (e talvez nem queira); mas nem por isso deve desanimar, pois é mais perspicaz que o dr. Watson...

A presente edição traz o texto integral e trinta ilustrações, feitas por diversos ilustradores das histórias do grande detetive de Baker Street.

Prefácio

Os amigos de Mr. Sherlock Holmes gostarão de saber que ele continua vivo e bem, embora um pouco prejudicado por ataques ocasionais de reumatismo. Ele vive há muitos anos numa fazendola nos Downs, a oito quilômetros de Eastbourne, onde divide seu tempo entre a filosofia e a agricultura. Durante esse período de repouso, recusou as mais principescas ofertas para assumir vários casos, tendo decidido que sua aposentadoria tinha caráter permanente. A aproximação da guerra alemã levou-o, contudo, a pôr sua notável combinação de atividade intelectual e prática à disposição do governo, com resultados históricos que são narrados em "Seu último adeus". Várias experiências anteriores, que haviam permanecido muito tempo em meu portfólio, foram acrescentadas a *O último adeus de Sherlock Holmes* de modo a completar o volume.

Dr. John H. Watson

Vila Glicínia

I · A singular experiência de Mr. Scott Eccles

Encontro registrado em minha agenda que era um dia triste e ventoso perto do fim de março do ano de 1892. Holmes havia recebido um telegrama quando almoçávamos e escrevera uma resposta às pressas. Não fez nenhum comentário, mas o assunto continuou em sua mente, porque depois ficou diante da lareira com um semblante pensativo, fumando seu cachimbo e dando olhadelas ocasionais à mensagem. De repente, virou-se para mim com um lampejo malicioso nos olhos.

"Suponho, Watson, que devemos encará-lo como um homem de letras", disse. "Como define a palavra 'grotesco'?"

"Estranho... extraordinário", sugeri.

Ele sacudiu a cabeça.

"Certamente há alguma coisa além disso", contestou; "uma sugestão subjacente do trágico e do terrível. Se você rememorar algumas daquelas narrativas com que afligiu um público paciente, reconhecerá com que frequência o grotesco redundou no criminoso. Pense naquela pequena aventura dos homens de cabeça vermelha. De início foi bastante grotesca, no entanto terminou numa desesperada tentativa de roubo. Houve ainda aquele caso extremamente grotesco das cinco sementes de laranja, que conduziu diretamente a uma conspiração homicida. Essa palavra me põe de prontidão."

"Ela aparece aí?" perguntei.

Ele leu o telegrama em voz alta.

> Acabo de ter a mais incrível e grotesca experiência. Posso consultá-lo?
>
> SCOTT ECCLES
>
> Agência dos Correios, Charing Cross

"Homem ou mulher?" perguntei.

"Oh, homem, é claro. Uma mulher jamais enviaria um telegrama com resposta paga. Teria vindo."

"Você o receberá?"

"Meu caro Watson, sabe como ando entediado desde que trancafiamos o coronel Carruthers. Minha mente é como um motor acelerado, que se desintegra quando não está conectado com o trabalho para o qual foi construído. A vida está banal, os jornais estão estéreis; a audácia e a aventura parecem ter desaparecido para sempre do mundo criminal. E você ainda me pergunta se estou disposto a examinar qualquer novo problema, por mais trivial que se mostre? Mas, a menos que eu me engane, cá está nosso cliente."

Ouvimos um passo cadenciado na escada e um momento depois um homem corpulento, alto, de costeletas grisalhas e solenemente respeitável foi introduzido na sala. A história de sua vida estava escrita em seus traços carregados e maneiras pomposas. Das polainas aos óculos com aros de ouro, era um conservador, um homem religioso, um bom cidadão, ortodoxo e convencional até o último grau. Mas alguma experiência assombrosa havia perturbado sua serenidade inata e deixado sinais em seu cabelo eriçado, suas faces coradas e suas maneiras agitadas, nervosas. Mergulhou instantaneamente em seu assunto.

"Tive uma experiência singularíssima e desagradável, Mr. Holmes", disse. "Nunca em minha vida eu me vira em semelhante situação. Foi extremamente inconveniente – extremamente ultrajante. Devo insistir em alguma explicação." Enfunava-se e bufava em sua raiva.

"Por favor, sente-se, Mr. Scott Eccles", disse Holmes numa voz apaziguadora. "Posso perguntar, em primeiro lugar, por que veio a mim?"

"Bem, senhor, não parecia ser um assunto da competência da polícia; no entanto, quando tiver escutado os fatos terá de admitir que eu não teria podido deixá-lo como estava. Detetives privados são uma classe pela qual não tenho absolutamente nenhuma simpatia, mas apesar disso, tendo ouvido o seu nome..."

"Naturalmente. Mas, em segundo lugar, por que não veio imediatamente?"

"Que quer dizer?"

Holmes deu uma olhada no relógio.

"São duas e quinze", disse. "Seu telegrama foi enviado por volta da uma. Mas ninguém pode passar os olhos por sua toalete e vestimenta sem ver que está perturbado desde o instante em que despertou."

Nosso cliente alisou o cabelo despenteado e passou a mão no queixo não barbeado.

"Tem razão, Mr. Holmes. Nem pensei na minha toalete. Tudo que queria era me ver longe daquela casa. Mas andei por aí fazendo indagações antes de vir procurá-lo. Fui à agência imobiliária e disseram-me que o aluguel de Mr. Garcia foi devidamente pago e que tudo estava em ordem em Vila Glicínia."

"Vamos, vamos, senhor", disse Holmes, rindo. "Parece o meu amigo dr. Watson, que tem o mau hábito de contar suas histórias de trás para a frente. Por favor, organize seus pensamentos e conte-me, na devida sequência, exatamente que acontecimentos o fizeram sair despenteado, com botas e colete mal-abotoados, em busca de conselho e auxílio."

Nosso cliente olhou com uma expressão pesarosa para sua estranha aparência.

"Estou certo de que devo estar muito desarrumado, Mr. Holmes, e não me lembro de que semelhante coisa me tenha acontecido antes em toda a minha vida. Mas vou lhe contar todo o esquisito negócio, e quando tiver acabado o senhor admitirá, tenho certeza, que aconteceu o bastante para me desculpar."

Mas a narrativa do homem foi cortada pela raiz. Houve um alvoroço lá fora, e Mrs. Hudson abriu a porta para introduzir dois sujeitos robustos, com aparência de autoridades, um dos quais nos era muito conhecido como o inspetor Gregson da Scotland Yard, um policial enérgico, audaz e, dentro de suas limitações, competente. Após apertar a mão de Holmes, ele nos apresentou o colega como o inspetor Baynes da delegacia de Surrey.

"Estamos caçando juntos, Mr. Holmes, e nosso rastro veio nesta direção", voltou seus olhos de buldogue para nosso visitante. "É Mr. John Scott Eccles, de Popham House, em Lee?"

"Andei por aí fazendo indagações antes de vir procurá-lo." [Arthur Twidle, *Strand Magazine*, 1908]

"Sou eu."

"Estivemos seguindo o senhor esta manhã toda."

"Descobriram-no por meio do telegrama, sem dúvida", disse Holmes.

"Exatamente, Mr. Holmes. Detectamos a pista na Agência dos Correios de Charing Cross e viemos para cá."

"Mas por que me seguem? Que querem?"

"Queremos uma declaração, Mr. Scott Eccles, relativa aos acontecimentos que levaram à morte, ontem à noite, de Mr. Aloysius Garcia, de Vila Glicínia, perto de Esher."

Nosso cliente ficou subitamente alerta, de olhos arregalados, e toda a cor fugiu de seu rosto perplexo.

"Morto? Disse que ele está morto?"

"Sim, senhor, está morto."

"Mas como? Um acidente?"

"Assassinato, se algum dia houve um na face da terra."

"Meu Deus! Isso é horrível! Está querendo dizer… está querendo dizer que eu sou suspeito?"

"Uma carta sua foi encontrada no bolso do morto e sabemos que tinha planejado passar a última noite na casa dele."

"De fato."

"Ah, o senhor confirma?"

A caderneta oficial foi puxada.

"Um instante, Gregson", disse Sherlock Holmes. "Você deseja apenas uma declaração simples, não é?"

"E é meu dever advertir Mr. Scott Eccles de que ela poderá ser usada contra ele."

"Mr. Eccles estava prestes a nos contar sobre isso quando você entrou na sala. Creio, Watson, que um conhaque com água não fará mal nenhum a ele. Agora, senhor, sugiro que não dê atenção a esse acréscimo em sua audiência e continue com sua narrativa exatamente como se não tivesse sofrido nenhuma interrupção."

Nosso visitante tomara um trago de conhaque e a cor retornara a seu rosto. Com um olhar desconfiado para a caderneta do inspetor, mergulhou de imediato em seu extraordinário relato.

"Sou solteiro", disse, "e, sendo de temperamento sociável, cultivo grande número de amigos. Entre eles está a família de um cervejeiro aposentado chamado Melville, que mora em Albemarle Mansion, em Kensington. Foi à mesa dele que conheci algumas semanas atrás um jovem chamado Garcia. Ele era, pelo que entendi, de ascendência espanhola e ligado de algum modo à embaixada. Falava um inglês perfeito, tinha maneiras agradáveis e era um dos homens mais bem-apessoados que já vi em minha vida.

"De alguma maneira estabelecemos uma boa amizade, esse rapaz e eu. Ele pareceu gostar de mim de imediato e dois dias depois que nos conhecêramos foi me visitar em Lee. Uma coisa leva a outra, e ele acabou me convidando para passar alguns dias em sua casa, Vila Glicínia, entre Esher e Oxshott. Ontem de tardinha fui a Esher atender a esse convite.

"Ele me descrevera sua criadagem antes. Morava com um criado fiel, seu compatriota, que cuidava de todas as suas necessidades. Esse sujeito sabia falar inglês e dirigia a casa para ele. Havia também um maravilhoso cozinheiro, ele contou, um mestiço que encontrara em suas viagens, capaz de servir um excelente jantar. Lembro-me de que ele comentou que essa era uma criadagem esquisita para se encontrar em pleno Surrey, no que concordei com ele, embora ela tenha se provado muito mais esquisita do que eu pensava.

"Fui de carro até o lugar – pouco mais de três quilômetros ao sul de Esher. A casa era de bom tamanho, recuada em relação à estrada, com um caminho curvo margeado por altos arbustos de sempre-vivas. Era uma velha construção, caindo aos pedaços, num absurdo estado de abandono. Quando o coche parou no caminho coberto de capim alto em frente à porta estufada e manchada pelo tempo, duvidei de minha sensatez ao visitar um homem que conhecia tão ligeiramente. Ele mesmo abriu a porta, contudo, e saudou-me com efusiva cordialidade. Fui entregue ao criado, um sujeito moreno, melancólico, que me conduziu, minha mala na mão, ao meu quarto. O lugar todo era deprimente. Nosso jantar foi *tête-à-tête* e, embora meu anfitrião tenha feito o que podia para se mostrar divertido, seus pensamentos pareciam divagar a todo momento e ele falava de maneira tão vaga e errática que eu mal conseguia compreendê-lo. Volta e meia tamborilava sobre a mesa, roía as unhas e dava outros sinais de impaciência nervosa. O jantar em si mesmo não foi bem-servido nem bem-preparado, e a presença sombria do criado taciturno não contribuiu para nos animar. Posso lhes assegurar que muitas vezes, aquela noite, desejei poder inventar alguma desculpa que me levasse de volta a Lee.

"Volta-me à memória algo que talvez tenha relação com o caso que os senhores estão investigando, cavalheiros. Na hora, não me causou impressão. Perto do fim do jantar o criado trouxe um bilhete. Percebi que, depois de lê-lo, meu anfitrião pareceu ainda mais distraído e estranho que antes. Abandonou qualquer simulacro de conversa e pôs-se a fumar intermináveis cigarros, perdido em pensamentos, mas não fez nenhuma observação quanto ao conteúdo da mensagem. Por volta das onze horas fiquei feliz em ir para a cama. Pouco tempo depois Garcia abriu minha porta – o quarto estava escuro nesse momento – e perguntou se eu havia tocado a campainha. Disse que não. Ele se desculpou por ter me perturbado tão tarde, dizendo que era quase uma hora. Depois disso peguei no sono e dormi profundamente a noite toda.

"Agora chego à parte assombrosa de minha história. Quando acordei era pleno dia. Dei uma olhada no relógio, e eram quase nove horas. Como eu pedira particularmente para ser acordado às oito, fiquei muito espantado com essa negligência. Levantei-me imediatamente e toquei para chamar o criado. Não houve resposta. Cheguei então à conclusão de que a campainha não funcionava. Enfiei minhas roupas e, de muito mau humor, corri ao térreo para pedir um pouco de água quente. Podem imaginar minha surpresa quando descobri que não havia ninguém lá. Gritei no vestíbulo. Não houve resposta. Depois corri de cômodo em cômodo. Todos desertos. Como ontem à noite meu anfitrião havia me mostrado qual era o seu quarto, bati à porta. Nenhuma resposta. Girei a maçaneta e entrei. O quarto estava vazio e a cama, intacta. Ele partira com os outros. O anfitrião estrangeiro, o lacaio estrangeiro, o cozinheiro estrangeiro, todos tinham desaparecido na noite! Esse foi o fim de minha visita a Vila Glicínia."

Sherlock Holmes esfregava as mãos e dava risadinhas ao acrescentar esse esquisito incidente à sua coleção de episódios insólitos.

"Sua experiência, até onde sei, é perfeitamente singular", disse. "Posso perguntar, senhor, que fez depois?"

"Fiquei furioso. Minha primeira ideia foi que eu havia sido vítima de alguma brincadeira absurda. Arrumei minhas coisas, bati a porta atrás de mim e parti para Esher, minha mala na mão. Estive na Allan Brothers, a principal agência imobiliária da aldeia, e verifiquei que fora dessa firma que a casa havia sido alugada. Ocorreu-me que dificilmente tudo aquilo poderia ter sido feito no intuito de me fazer de bobo, e que o principal objetivo devia ser escapar do aluguel. Como estamos quase no fim de março, o dia do pagamento trimestral está próximo. Mas essa teoria não funcionou. O agente ficou agradecido por minha informação, mas me disse que o aluguel fora pago de antemão. Em seguida vim para Londres e dirigi-me à Embaixada da Espanha. O homem era desconhecido ali. Fui então ver Melville, em cuja casa havia conhecido Garcia, mas descobri que ele sabia bem menos sobre o homem que eu. Finalmente, ao receber sua resposta para o meu telegrama, vim para cá, pois pelo que sei o senhor é uma pessoa que aconselha em casos difíceis. Mas agora, senhor inspetor, percebo, pelo que disse ao entrar nesta sala, que está investigando a história e que ocorreu uma tragédia. Posso lhe assegurar que cada palavra que disse é a verdade, e que, fora o que lhe contei, não sei absolutamente nada sobre o que aconteceu com esse homem. Meu único desejo é ajudar a Justiça de todas as maneiras possíveis."

"Tenho certeza disso, Mr. Scott Eccles – tenho certeza disso", respondeu o inspetor Gregson num tom muito amável. "Devo lhe dizer que tudo que disse concorda de maneira muito precisa com os fatos que pudemos averiguar. Por exemplo, esse bilhete que chegou durante o jantar. Observou por acaso o que foi feito dele?"

"Sim, observei. Garcia o amassou e jogou na lareira."

"Que diz disso, Mr. Baynes?"

O detetive rural era um homem forte, gorducho e vermelho, cujo rosto só era redimido da vulgaridade por dois olhos extraordinariamente brilhantes, quase escondidos atrás das dobras fundas das bochechas e da testa. Com um leve sorriso, ele tirou do bolso um pedaço de papel dobrado e descolorido.

"Era um braseiro, Mr. Holmes, e ele o arremessou longe demais. Peguei isto intacto na parte de trás dele."

Holmes deu um sorriso de aprovação.

"Deve ter examinado a casa com muito cuidado, para encontrar uma única bolinha de papel."

"Examinei sim, Mr. Holmes. É meu sistema. Devo lê-lo, Mr. Gregson?"

"'Era um braseiro, Mr. Holmes, e ele o arremessou longe demais. Peguei isto intacto na parte de trás dele.'"
[Arthur Twidle, *Strand Magazine*, 1908]

O policial londrino fez um aceno.

"O bilhete está escrito num papel creme comum, sem filigrana. É um quarto de folha. O papel foi cortado com duas tesouradas de uma tesoura pequena. Foi dobrado três vezes e lacrado com cera roxa, aplicada às pressas e prensada com um objeto chato e oval. Está endereçado a Mr. Garcia, Vila Glicínia. Diz:

> Nossas próprias cores, verde e branco. Verde aberto, branco fechado. Escada principal, primeiro corredor, sétima à direita, baeta verde. Deus o proteja.
>
> D.

"É letra de mulher, usando uma pena de ponta afiada, mas o endereço foi escrito ou com outra pena, ou por outra pessoa. A letra é mais grossa e mais nítida, como vê."

"Um bilhete muito digno de nota", disse Holmes, dando-lhe uma olhadela. "Devo cumprimentá-lo, Mr. Baynes, por sua atenção ao detalhe no exame que fez dele. Alguns pontos insignificantes poderiam talvez ser acrescentados. O selo oval foi premido sem dúvida com uma abotoadura comum – que mais tem essa forma? A tesoura era uma tesoura curva de unhas. Por curtas que sejam as tesouradas, pode-se ver distintamente a mesma curva ligeira em cada uma."

O detetive rural deu uma risadinha.

"Pensei que tinha espremido todo o suco dele, mas vejo que sobrava um pouco", disse. "Sou obrigado a dizer que este bilhete não me diz nada, a não ser que havia alguma coisa à disposição, e que uma mulher, como de costume, estava por trás de tudo."

Mr. Scott Eccles estivera irrequieto em seu assento durante a conversa.

"Fico satisfeito por ter encontrado o bilhete, pois ele corrobora minha história", disse. "Mas permitam-me observar que ainda não sei o que aconteceu com Mr. Garcia, nem o que foi feito de seus criados."

"Quanto a Garcia", disse Gregson, "é fácil responder. Ele foi encontrado morto esta manhã em Oxshott Common, a mais de um quilômetro e meio de casa. Sua cabeça foi esmigalhada por fortes golpes de um saco de areia ou algum instrumento parecido, que esmagou mais que feriu. É um lugar ermo e não há nenhuma casa a menos de quatrocentos metros do ponto. Aparentemente foi atingido primeiro pelas costas, mas seu agressor continuou a espancá-lo por muito tempo depois que estava morto. Foi um ataque extremamente furioso. Não há pegadas nem qualquer pista dos criminosos."

"Roubado?"

"Não, não houve tentativa de roubo."

"Isso é muito penoso... muito penoso e terrível", disse Mr. Scott Eccles, num lamento; "mas me põe de fato numa situação excepcionalmente difícil. Nada tive a ver com o fato de meu anfitrião ter empreendido uma excursão noturna e encontrado fim tão deplorável. Como vim a ser envolvido em todo esse caso?"

"De maneira muito simples, senhor", respondeu o inspetor Baynes. "O único documento encontrado no bolso do falecido foi uma carta sua dizendo que estaria com ele na noite de sua morte. Foi pelo envelope dessa carta que ficamos sabendo do nome e do endereço do morto. Passava das nove, esta manhã, quando chegamos à casa dele e não encontramos lá nem o senhor nem ninguém mais. Telegrafei para Mr. Gregson para que o detivesse em Londres enquanto eu examinava Vila Glicínia. Em seguida vim para Londres, encontrei-me com ele e cá estamos."

"Penso que agora", disse Gregson, levantando-se, "deveríamos oficializar este caso. O senhor virá conosco até a delegacia, Mr. Scott Eccles, e tomaremos seu depoimento por escrito."

"Sem dúvida, vou imediatamente. Mas continuo interessado nos seus serviços, Mr. Holmes. Desejo que não poupe despesas nem esforços para descobrir a verdade."

Meu amigo virou-se para o inspetor rural.

"Suponho que não tenha nada a objetar à minha colaboração, Mr. Baynes."

"Sinto-me extremamente honrado, senhor."

"Parece ter sido muito diligente e metódico em tudo que fez. Posso lhe perguntar se houve alguma pista com relação à hora exata em que o homem morreu?"

"Estava lá desde a uma hora da manhã. Choveu por volta dessa hora, e sua morte ocorreu certamente antes da chuva."

"Mas isso é absolutamente impossível, Mr. Baynes", exclamou nosso cliente. "A voz dele é inconfundível. Posso jurar que foi ele que falou comigo no meu quarto exatamente a essa hora."

"Notável, mas de maneira alguma impossível", disse Holmes sorrindo.

"Tem uma pista?" perguntou Gregson.

"Aparentemente não se trata de um caso muito complexo, embora certamente apresente algumas características insólitas e interessantes. Um maior conhecimento dos fatos é necessário antes que eu me aventure a dar uma opinião final e precisa. A propósito, Mr. Baynes, encontrou alguma coisa digna de nota além deste bilhete ao examinar a casa?"

O detetive olhou para o meu amigo de uma maneira singular.

"Havia", respondeu, "uma ou duas coisas *muito* notáveis. Quando eu tiver terminado na delegacia, talvez o senhor pudesse aparecer e me dar sua opinião sobre elas."

"Estou a seu inteiro dispor", disse Sherlock Holmes, tocando a campainha. "Conduza estes cavalheiros até a porta, Mrs. Hudson, e tenha a bondade de enviar o garoto com este telegrama. Ele deve pagar uma resposta de cinco xelins."

Ficamos algum tempo em silêncio depois que nossos visitantes saíram. Holmes fumava muito, as sobrancelhas abaixadas sobre seus olhos argutos e a cabeça esticada para a frente, à maneira ansiosa que lhe era característica.

"Bem, Watson", perguntou, virando-se de repente para mim, "como entende essa história?"

"Não consigo entender nada desse embuste de que Scott Eccles foi vítima."

"Mas e o crime?"

"Bem, levando em conta o desaparecimento dos companheiros do homem, eu diria que eles tiveram alguma participação no assassinato e fugiram da Justiça."

"Esse é sem dúvida um ponto de vista plausível. A julgar pelas aparências, contudo, você deve admitir que é muito estranho que esses dois criados estivessem de conluio contra o patrão e o tivessem atacado na noite em que ele tinha um hóspede. Tinham-no sozinho à mercê deles todas as outras noites da semana."

"Nesse caso, por que fugiram?"

"É claro. Por que fugiram? É um fato importante. Outro fato importante é a extraordinária experiência de nosso cliente, Scott Eccles. Ora, meu caro Watson, estaria além dos limites da engenhosidade humana fornecer uma explicação que cubra esses dois fatos? Se houvesse uma que fosse compatível também com o misterioso bilhete e sua curiosíssima fraseologia, mereceria ser aceita como uma hipótese temporária. Se os novos fatos que chegarem ao nosso conhecimento se encaixarem no esquema, nossa hipótese poderá se transformar gradualmente numa solução."

"Mas qual é a nossa hipótese?"

Holmes reclinou-se em sua cadeira com os olhos semicerrados.

"Você deve admitir, meu caro Watson, que a ideia de uma brincadeira é impossível. Ocorreram fatos graves, como a sequência mostrou, e o fato de Scott Eccles ter sido induzido a visitar Vila Glicínia teve alguma relação com eles."

"Mas que relação possível?"

"Tomemos elo por elo. À primeira vista, parece haver algo de anormal nessa estranha e súbita amizade entre o jovem espanhol e Scott Eccles. Foi o primeiro que precipitou as coisas. Foi visitar Eccles na outra extremidade de Londres um dia apenas depois de tê-lo conhecido, e manteve-se em estreito contato com ele até conseguir levá-lo a Esher. Ora, que queria ele com Eccles? Que tinha Eccles para lhe oferecer? Não vejo nenhum encanto no homem. Não é particularmente inteligente, não é um homem que tenda a ser agradável para um latino perspicaz. Por que, então, Garcia o teria escolhido entre todas as pessoas que conhecia como particularmente adequado para seu objetivo? Tinha ele alguma qualidade que sobressaísse? Eu diria que sim. Ele é o protótipo da respeitabilidade britânica convencional, o homem certo para impressionar outro britânico na condição de testemunha. Você mesmo viu como nenhum dos inspetores sonhou sequer questionar sua declaração, embora fosse tão extraordinária."

"Mas que devia ele testemunhar?"

"Tal como as coisas se passaram, nada, mas teria sido tudo se elas tivessem se desdobrado de outra maneira. É assim que interpreto a questão."

"Entendo; ele poderia ter se revelado um álibi."

"Exatamente, meu caro Watson; ele poderia ter se revelado um álibi. Vamos supor, para efeito de raciocínio, que os criados de Vila Glicínia são cúmplices em algum plano. A tentativa, fosse ela qual fosse, deveria ser realizada antes da uma hora. Com algumas mexidas nos relógios é perfeitamente possível que eles tenham levado Scott Eccles para a cama mais cedo do que ele pensava, mas de todo modo é provável que, quando Garcia saiu de seus cuidados para lhe dizer que era uma hora, não passasse na realidade da meia-noite. Se Garcia conseguisse fazer tudo o que pretendia e estar de volta na hora mencionada, é claro que teria uma resposta convincente para qualquer acusação. Lá estaria aquele irrepreensível inglês disposto a jurar em qualquer tribunal que o acusado estivera em casa durante todo o tempo. Era um seguro contra o pior."

"Sim, sim, entendo isso. Mas e o desaparecimento dos outros?"

"Ainda não tenho todos os meus fatos, mas não penso que haja quaisquer dificuldades insuperáveis. Ainda assim, é um erro raciocinar antes de ter os dados. Acabamos por torcê-los, sem nos dar conta disso, para que se encaixem em nossas teorias."

"E o bilhete?"

"Que dizia ele? 'Nossas próprias cores, verde e branco.' Faz pensar em corrida de cavalo. 'Verde aberto, branco fechado.' Isso é claramente um sinal. 'Escada principal, primeiro corredor, sétima à direita, baeta verde.' Isso é um lugar para um encontro. Talvez encontremos um marido ciumento por trás de toda esta história. Tratava-se claramente de uma missão perigosa. Ela não teria dito 'Deus o proteja' se não fosse. 'D.' – isso poderia ser uma indicação."

"O homem era espanhol. Sugiro que 'D.' significa Dolores, um nome de mulher comum na Espanha."

"Bom, Watson, muito bom – mas inteiramente inadmissível. Uma espanhola escreveria em espanhol para um espanhol. O autor deste bilhete é certamente inglês. Bem, só nos resta ser pacientes, até que esse excelente inspetor venha ter conosco. Nesse meio-tempo, podemos agradecer à sorte que nos livrou por algumas curtas horas das intoleráveis fadigas da ociosidade."

ANTES QUE NOSSO POLICIAL de Surrey retornasse, chegou uma resposta para o telegrama de Holmes. Ele a leu e estava prestes a enfiá-la na sua caderneta quando vislumbrou minha expressão de expectativa. Jogou-a para mim com uma risada.

"Estamos nos movendo em altas esferas", disse.

O telegrama era uma lista de nomes e endereços:

> Lord Harringby, The Dingle; Sir George Ffolliott, Oxshott Towers; Mr. Hynes Hynes, J.P., Purdey Place; Mr. James Baker Williams, Forton Old Hall; Mr. Henderson, High Gable; Rev. Joshua Stone, Nether Walsling.

"Jogou-a para mim com uma risada."
[Arthur Twidle, *Strand Magazine*, 1908]

"Esta é uma maneira muito óbvia de limitar nosso campo de operação", disse Holmes. "Sem dúvida Baynes, com sua mente metódica, já adotou um plano semelhante."

"Não entendo muito bem."

"Bem, meu caro amigo, já chegamos à conclusão de que o bilhete recebido por Garcia durante o jantar marcava um encontro. Ora, se a interpretação óbvia dele estiver correta, e se para chegar a esse local de encontro é preciso subir uma escada e procurar a sétima porta num corredor, fica perfeitamente claro que se trata de uma casa muito grande. É igualmente certo que essa casa não pode estar a mais de dois a três quilômetros de Oxshott, já que Garcia estava andando nessa direção e esperava, de acordo com minha interpretação dos fatos, estar de volta a Vila Glicínia a tempo de se valer de um álibi, o qual só seria válido até a uma hora. Como o número de casas perto de Oxshott deve ser limitado, adotei o método óbvio de pedir aos agentes mencionados por Scott Eccles que me enviassem uma lista delas. Aqui estão, neste telegrama, e a outra ponta do nosso novelo deve estar entre elas."

ERAM QUASE SEIS HORAS quando nos vimos na bonita aldeia de Esher, em Surrey, na companhia do inspetor Baynes.

Holmes e eu havíamos levado o necessário para passar a noite, e encontramos alojamentos confortáveis no Bull. Finalmente saímos junto com o detetive para visitar Vila Glicínia.

Era uma fria e escura noite de março, com um vento cortante e uma chuva fina nos fustigando os rostos, um cenário adequado para os campos incultos que nossa estrada atravessava e a meta trágica para a qual nos conduzia.

II · O Tigre de San Pedro

Uns três quilômetros de caminhada fria e melancólica levaram-nos a um alto portão de madeira que se abria para uma desolada alameda de castanheiros. O caminho curvo e sombreado conduziu-nos a uma casa baixa, escura como breu contra um céu cor de ardósia. Da janela da frente à esquerda da porta filtrava-se uma luz fraca.

"Há um policial de guarda", disse Baynes. "Vou bater na janela." Cruzou o gramado e bateu a mão na vidraça. Através do vidro embaçado, vi vagamente um homem levantar-se de chofre de uma cadeira diante do fogo e ouvi um grito agudo vindo de dentro da sala. Um instante depois um policial lívido e ofegante havia aberto a porta, a vela oscilando em sua mão trêmula.

"Qual é o problema, Walters?" perguntou Baynes, incisivamente.

Enxugando a testa com seu lenço, o homem deu um longo suspiro de alívio.

"Que bom que vieram, senhor. Foi uma longa noite e acho que meus nervos já não são tão bons como antigamente."

"Seus nervos, Walters? Eu pensava que você não tinha um só nervo no corpo."

"Bem, senhor, é essa casa isolada, silenciosa, e a coisa esquisita na cozinha. Quando o senhor bateu na janela, pensei que ele tinha vindo de novo."

"O que tinha vindo de novo?"

"O diabo, senhor, pelo que sei. Estava na janela."

"O que estava na janela, e quando?"

"Faz só umas duas horas. A noite caía. Eu estava sentado na cadeira, lendo. Não sei o que me fez levantar os olhos, mas lá havia um rosto me fitando através da vidraça de baixo. Meu Deus, que rosto era aquele! Vou vê-lo em meus sonhos."

"Ora, ora, Walters! Isso não é conversa para um policial."

"Eu sei, senhor, eu sei; mas aquilo me perturbou, não adianta negar. Não era preto, senhor, nem branco, nem de nenhuma cor que eu conheça; era de um tom estranho de argila borrifada com leite. Depois havia o tamanho dele – era o dobro do seu, senhor. E o olhar dele – os olhos enormes, esbugalhados, e a fileira de dentes brancos como uma fera faminta. Palavra, senhor, não consegui mexer um dedo, nem respirar, até ele desaparecer. Saí e corri entre os arbustos, mas graças a Deus não havia ninguém lá."

"Se eu não soubesse que você é um bom homem, Walters, teria de repreendê-lo por isso. Mesmo que fosse o próprio diabo, um policial de serviço não deveria jamais agradecer a Deus por não ter conseguido pôr as mãos nele. Isso tudo não teria sido uma ilusão e uma crise de nervos?"

"Isso, pelo menos, é muito fácil verificar", disse Holmes, acendendo sua pequena lanterna de bolso. "Sim", disse após um rápido exame do canteiro, "um sapato número doze, eu

"Lá havia um rosto me fitando através da vidraça de baixo." [Arthur Twidle, *Strand Magazine*, 1908]

diria. Se ele fosse todo na mesma escala do pé, devia sem dúvida ser um gigante."

"Que foi feito dele?"

"Parece ter passado entre os arbustos e ganhado a estrada."

"Bem", disse o inspetor, com um semblante grave e pensativo, "quem quer que fosse, e o que quer que pudesse querer, no momento está desaparecido e temos coisas mais urgentes de que tratar. Agora, Mr. Holmes, com sua permissão, vou lhe mostrar a casa."

Os vários quartos de dormir e salas nada haviam revelado a uma cuidadosa busca. Aparentemente os inquilinos haviam levado pouco ou nada consigo e todos os móveis, até os mínimos objetos, pertenciam à casa. Várias peças de roupa com a etiqueta de Marx and Co., High Holborn, haviam sido deixadas para trás. Indagações por telegrama já haviam sido feitas e mostrado que Marx nada sabia sobre seu cliente, exceto que era um bom pagador. Miudezas, alguns cachimbos, uns romances, dois deles em espanhol, um revólver antiquado e um violão estavam entre os objetos pessoais.

"Não há nada aqui", disse Baynes, caminhando empertigado, vela na mão, de aposento em aposento. "Mas agora, Mr. Holmes, quero chamar sua atenção para a cozinha."

Era um cômodo sombrio, de pé-direito alto, no fundo da casa; num canto, havia um monte de palha que aparentemente servia de cama para o cozinheiro. A mesa estava cheia de travessas semicheias e pratos sujos, os restos do jantar da véspera.

"Veja isto", disse Baynes. "Que lhe parece?"

Levantou a vela diante de um extraordinário objeto pousado no fundo do guarda-louça. Estava tão enrugado, encolhido e murcho que era difícil saber o que podia ter sido. Podia-se dizer apenas que era preto e rijo e tinha alguma semelhança com uma figura humana ananicada. A princípio, quando o examinei, pensei que se tratava de um bebê negro mumificado, mas depois pareceu um macaco muito velho e contorcido. Por fim, fiquei em dúvida se era um animal ou um ser humano. Uma tira dupla de conchas brancas estava amarrada em torno do seu centro.

"Muito interessante... realmente muito interessante!" disse Holmes examinando essa sinistra relíquia. "Mais alguma coisa?"

Em silêncio, Baynes levou-nos até a pia e segurou a vela à sua frente. Os membros e o corpo de uma grande ave branca, brutalmente despedaçada, ainda com as penas, espalhavam-se por ela toda. Holmes apontou para a barbela na cabeça cortada.

"Um galo branco", disse; "extremamente interessante! É realmente um caso muito curioso."

Mas Mr. Baynes havia deixado para exibir o objeto mais sinistro por último. Puxou de sob a pia um balde de zinco

"Puxou de sob a pia um balde de zinco."
[Arthur Twidle, *Strand Magazine*, 1908]

com sangue. Depois, pegou na mesa uma travessa cheia de pedacinhos de osso carbonizado.

"Alguma coisa foi morta e alguma coisa foi queimada. Recolhemos tudo isto no fogo. Um médico esteve aqui de manhã. Diz que não são humanos."

Holmes sorriu e esfregou as mãos.

"Devo cumprimentá-lo, inspetor, por investigar um caso tão incomum e instrutivo. Sua capacidade, se posso dizê-lo sem ofensa, parece superior às suas oportunidades."

Os olhinhos do inspetor Baynes cintilaram de prazer.

"Tem razão, Mr. Holmes. Estagnamos nas províncias. Um caso como este representa sem dúvida uma chance, e espero aproveitá-la. Que acha destes ossos?"

"Um cordeiro, eu diria, ou um cabrito."

"E o galo branco?"

"Curioso, Mr. Baynes, muito curioso. Eu deveria dizer quase incomparável."

"Sim, senhor, devia haver uma gente muito estranha com costumes muito estranhos nesta casa. Um deles está morto. Será que seus companheiros o seguiram e o mataram? Se o fizeram, vamos pegá-los, porque todos os portos estão sendo vigiados. Mas, pessoalmente, tenho outra opinião. Sim, senhor, minha própria opinião é muito diferente."

"Então tem uma teoria?"

"E eu mesmo vou investigá-la, Mr. Holmes. É da minha reputação que se trata. O seu nome está feito, mas ainda tenho que fazer o meu. Eu ficaria feliz se pudesse dizer depois que resolvi este caso sem a sua ajuda."

Holmes riu, de bom humor.

"Bem, bem, inspetor", disse. "Siga seu caminho e eu seguirei o meu. Meus resultados estarão sempre à sua inteira disposição, quando quiser pedi-los. Acredito que vi tudo que desejava nesta casa e que meu tempo pode ser mais lucrativamente empregado em outro lugar. *Au revoir* e boa sorte!"

Eu sabia, por vários sinais sutis que poderiam ter passado despercebidos a qualquer outra pessoa, que Holmes estava numa pista quente. Tão impassível como sempre ao observador casual, havia porém uma ânsia contida, uma sugestão de tensão em seus olhos iluminados e maneiras mais vivazes que me asseguravam que o jogo já começara. Segundo seu hábito, não disse nada, e segundo o meu, nada perguntei. Bastava-me partilhar a diversão e dar minha humilde ajuda para a captura, sem distrair aquele cérebro concentrado com qualquer interrupção desnecessária. Tudo viria a mim no devido tempo.

Esperei, portanto – mas, para minha crescente decepção, esperei em vão. Os dias se sucediam e meu amigo não dava um passo adiante. Passou uma manhã em Londres, e fiquei sabendo por uma referência casual que havia visitado o Museu Britânico. Exceto por essa excursao, ocupava seus dias com longas caminhadas, frequentemente solitárias, ou tagarelando com vários bisbilhoteiros da aldeia com quem travara conhecimento.

"Tenho certeza, Watson, uma semana no campo lhe fará um benefício inestimável", observou. "É muito agradável ver os primeiros brotos verdes nas sebes e os amentos de novo nas aveleiras. Com uma pazinha, uma lata e um livro elementar de botânica, é possível passar dias muito instrutivos." Ele próprio andava para lá e para cá com esse equipamento, mas ao fim de uma tarde trazia de volta uma parca amostra de plantas.

Vez por outra, em nossas perambulações, topávamos com o inspetor Baynes. Seu rosto gordo e vermelho se retorcia em sorrisos e seus olhinhos brilhavam quando saudava meu companheiro. Falava pouco sobre o caso, mas desse pouco concluímos que ele também não estava satisfeito com o curso dos acontecimentos. Devo admitir, no entanto, que fiquei um pouco surpreso quando, cerca de cinco dias após o crime, abri meu jornal matinal e li, em letras graúdas:

O MISTÉRIO DE OXSHOTT
UMA SOLUÇÃO
PROVÁVEL ASSASSINO É PRESO

Holmes deu um pulo da cadeira como se tivesse levado uma ferroada quando li as manchetes.

"Meu Deus!" exclamou. "Você não está querendo dizer que Baynes o pegou, não é?"

"É o que parece", disse eu, enquanto lia a seguinte notícia:

> Houve grande alvoroço em Esher e no distrito vizinho quando se soube, altas horas da noite passada, que fora efetuada uma prisão relacionada com o assassinato de Oxshott. Como se sabe, Mr. Garcia, de Vila Glicínia, foi encontrado morto em Oxshott Common, seu corpo mostrando sinais de extrema violência; na mesma noite seu criado e seu cozinheiro fugiram, o que pareceu

> mostrar sua participação no crime. Foi sugerido, embora nunca provado, que o cavalheiro falecido poderia ter objetos de valor na casa, e que seu roubo teria sido o motivo do crime. Todos os esforços foram feitos pelo inspetor Baynes, que está à frente do caso, para descobrir o esconderijo dos fugitivos, e ele tinha boas razões para acreditar que eles não haviam ido longe, abrigando-se em algum lugar previamente preparado. Era certo desde o início, contudo, que acabariam sendo descobertos, uma vez que o cozinheiro – segundo o depoimento de uns dois fornecedores que o viram de relance pela janela – era um homem da mais extraordinária aparência: um mulato enorme e medonho, de feições amareladas e pronunciado tipo negroide. Esse homem foi visto depois do crime, pois foi reconhecido e perseguido pelo policial Walters na mesma noite, quando teve a audácia de retornar a Vila Glicínia. O inspetor Baynes, considerando que tal visita devia ter algum objetivo, e por isso provavelmente se repetiria, abandonou a casa, mas deixou uma armadilha entre os arbustos. O homem caiu no alçapão e foi capturado ontem à noite após uma luta, em que o policial Downing foi gravemente mordido pelo selvagem. Ao que parece, quando o prisioneiro for levado perante os magistrados a polícia solicitará seu retorno à prisão, e se esperam importantes desdobramentos dessa captura.

"Sem dúvida precisamos ver Baynes imediatamente", exclamou Holmes, pegando o chapéu. "Temos justo o tempo necessário para alcançá-lo antes que parta." Saímos correndo pela rua da aldeia e constatamos, como esperávamos, que o inspetor acabava de sair de casa.

"O homem caiu no alçapão e foi capturado."
[Arthur Twidle, *Strand Magazine*, 1908]

"Viu o jornal, Mr. Holmes?" perguntou ele, estendendo um exemplar para nós.

"Sim, Baynes, vi. Por favor, não se ofenda se eu lhe disser uma palavra amigável de advertência."

"De advertência, Mr. Holmes?"

"Estudei esse caso com bastante cuidado, e não estou convencido de que você está no caminho certo. Não gostaria que se comprometesse demais, a menos que tenha certeza do que está fazendo."

"É muita bondade sua, Mr. Holmes."

"Fique certo de que estou falando para o seu bem."

Tive a impressão de ver um rápido pestanejar nos minúsculos olhos de Mr. Baynes.

"Combinamos que trabalharíamos em nossas próprias linhas, Mr. Holmes. É isso que estou fazendo."

"Ah, muito bem", disse Holmes. "Não me culpe."

"Não, senhor; acredito que suas intenções são boas. Mas todos temos nossos próprios sistemas, Mr. Holmes. O senhor tem os seus, e talvez eu tenha os meus."

"Não falemos mais sobre isso."

"Continue dispondo de minhas informações. Esse sujeito é um perfeito selvagem, forte como um burro de carga e feroz como o demônio. Quase arrancou fora o polegar de Downing com uma mordida antes que conseguissem dominá-lo. Mal fala uma palavra de inglês e não se entende nada de seus grunhidos."

"E pensa que tem provas de que ele assassinou seu finado patrão?"

"Eu não disse isso, Mr. Holmes; não disse isso. Todos temos nossos pequenos métodos. O senhor experimenta os seus e eu experimentarei os meus. Foi esse o combinado."

Holmes sacudiu os ombros quando nos afastávamos juntos. "Não consigo entender esse sujeito. Parece estar procurando um desastre. Bem, como ele diz, devemos tentar cada um à nossa maneira e ver no que dá. Mas há alguma coisa no inspetor Baynes que realmente não consigo entender."

"Sente-se naquela cadeira, Watson", disse Sherlock Holmes quando voltamos ao nosso apartamento no Bull. "Quero pô-lo a par da situação, pois posso precisar da sua ajuda esta noite. Deixe-me mostrar-lhe a evolução deste caso, até onde fui capaz de acompanhá-lo. Por mais simples que tenha sido em suas características principais, apresentou dificuldades surpreendentes no que diz respeito a uma prisão. Há lacunas nessa direção que ainda precisamos preencher.

"Remontemos ao bilhete que foi entregue a Garcia na noite de sua morte. Podemos deixar de lado essa ideia de Baynes de que os empregados de Garcia estão envolvidos na questão. A prova disto reside no fato de que foi *ele* que tratou de assegurar a presença de Scott Eccles, o que só poderia ter feito com o propósito de obter um álibi. Era Garcia, portanto, que tinha uma missão, e aparentemente uma missão criminosa, a cumprir naquela noite em cujo curso encontrou a morte. Digo criminosa porque só um homem com uma missão criminosa deseja estabelecer um álibi. Quem, então, teria mais provavelmente lhe tirado a vida? Certamente a pessoa contra quem a missão criminosa era dirigida. Até aí parece-me que estamos em terreno seguro.

"Podemos agora ver uma razão para o desaparecimento dos empregados de Garcia. Eles são *todos* cúmplices no mesmo crime desconhecido. Se esse crime fosse bem-sucedido e Garcia voltasse, qualquer suspeita possível seria afastada pelo testemunho do inglês, e tudo ficaria bem. Mas era uma tentativa perigosa, e se Garcia *não* voltasse até certa hora era provável que sua própria vida tivesse sido sacrificada. Fora combinado portanto que, em tal caso, seus dois subordinados deveriam se dirigir a algum ponto predeterminado, onde poderiam escapar à investigação e ter condições mais tarde de renovar a tentativa. Isso explicaria inteiramente os fatos, não é?"

Todo o inexplicável emaranhado pareceu deslindar-se diante de mim. Surpreendeu-me, como sempre, que aquilo não me tivesse parecido óbvio antes.

"Mas por que um criado teria voltado?"

"Podemos imaginar que, na confusão da fuga, algo precioso, algo de que ele não suportasse se separar, tivesse ficado para trás. Isso explicaria sua persistência, não?"

"Bem, qual é o próximo passo?"

"O próximo passo é o bilhete recebido por Garcia durante o jantar. Ele indica um cúmplice na outra ponta. Ora, onde era a outra ponta? Já lhe mostrei que ela só poderia estar em alguma casa grande, e que o número de casas grandes é limitado. Meus primeiros dias na aldeia foram dedicados a uma série de caminhadas, em que, nos intervalos de minhas pesquisas botânicas, fiz um reconhecimento de todas as casas grandes e um exame da história da família dos ocupantes. Uma casa, e somente uma, prendeu minha atenção. É a famosa granja em estilo jacobita de High Gable, a um quilômetro e meio além de Oxshott e a cerca de oitocentos metros do cenário da tragédia. As outras mansões pertencem a pessoas prosaicas e respeitáveis que vivem a grande distância de aventuras. Mas, segundo todas as informações, Mr. Henderson, de High Gable, é um homem curioso a quem aventuras curiosas poderiam acontecer. Concentrei minha atenção, portanto, nele e em sua criadagem.

"Um grupo de pessoas singular, Watson – sendo o próprio homem o mais singular de todos. Consegui vê-lo sob um pretexto plausível, mas tive a impressão de ler em seus olhos escuros, fundos e meditativos que ele estava perfeitamente ciente de meu verdadeiro interesse. É um homem de cinquenta anos, forte, ativo, com cabelo cor de ferro, bastas sobrancelhas pretas, passo de cervo e ar de imperador – homem impetuoso, dominador, com um espírito ardente por trás de uma face de pergaminho. Ou é estrangeiro ou viveu muito tempo nos trópicos, porque é amarelo e ressecado, mas rijo como cordel de chicote. Seu amigo e secretário, Mr. Lucas, é sem dúvida estrangeiro, de um moreno-chocolate, astuto, suave, com o jeito de um felino e uma fala de doçura insidiosa. Como vê, Watson, já encontramos dois grupos de estrangeiros – um em Vila Glicínia e um em High Gable –; nossas lacunas, portanto, começam a se fechar.

"Esses dois homens, amigos íntimos e confidentes, estão no centro da família; mas há uma outra pessoa, que para nosso objetivo imediato pode ser ainda mais importante. Henderson tem duas filhas – meninas de onze e treze anos. A governanta delas é uma tal de Miss Burnet, uma inglesa de cerca de quarenta anos. Há também um criado de confiança. Esse grupinho forma a verdadeira família, pois viajam juntos e Henderson é um grande viajante, sempre se deslocando. Faz apenas algumas semanas que voltou a High Gable após um ano de ausência. Posso acrescentar que é enormemente rico e, sejam quais forem os seus caprichos, pode satisfazê-los muito facilmente. No mais, sua casa é cheia de mordomos, lacaios, camareiras e a criadagem superalimentada e ociosa de uma grande casa de campo inglesa.

"Fiquei sabendo disso tudo em parte pelos bisbilhoteiros da aldeia e em parte graças à minha própria observação. Não há instrumentos melhores que empregados demitidos e queixosos, e tive a sorte de encontrar um. Chamo isso de sorte, mas não a teria tido se não estivesse à sua procura. Como Baynes observa, todos nós temos os nossos sistemas. Foi o meu que me permitiu encontrar John Warner, ex-jardineiro de High Gable, demitido num acesso de mau humor por seu imperioso patrão. Ele, por sua vez, tinha amigos entre os criados de dentro da casa, que são unidos pelo medo e a aversão que alimentam pelo patrão. Assim, tive minha chave para os segredos da mansão.

"Uma gente curiosa, Watson! Não tenho a pretensão de já compreendê-la bem, mas de qualquer maneira é uma gente curiosa. A casa tem duas alas, os criados moram de um lado e a família de outro. Não há ligação entre as duas, exceto pelo criado pessoal de Henderson, que serve as refeições da família. Tudo é levado até determinada porta, que forma a conexão. A governanta e as crianças mal põem o pé fora de casa, exceto para ir ao jardim. Henderson não caminha sozinho de maneira alguma. Seu escuro secretário é como sua sombra. Corre entre os empregados o rumor de que o patrão tem um medo terrível de alguma coisa. 'Vendeu sua alma ao demônio por dinheiro', diz Warner, 'e teme que o credor apareça para reclamar o que lhe pertence.' De onde vêm, ou quem são, ninguém tem a menor ideia. São muito violentos. Henderson chicoteou pessoas duas vezes com seu chicote para treinar cachorros, e só conseguiu evitar os tribunais graças à sua bolsa recheada e a uma gorda indenização.

"Bem, agora, Watson, avaliemos a situação à luz destas novas informações. Podemos dar por certo que a carta veio dessa estranha casa, e foi um convite a Garcia para levar a cabo alguma tentativa já planejada de antemão. Quem escreveu o bilhete? Foi alguém dentro da cidadela e foi uma mulher. Quem, então, senão Miss Burnet, a governanta? Todo o nosso raciocínio parece apontar nesse sentido. Seja como for, podemos tomar isso como uma hipótese e ver que consequências ela acarretaria. Posso acrescentar que a idade e o caráter de Miss Burnet deixam claro que minha primeira ideia – a de que poderia haver um interesse amoroso em nossa história – está fora de cogitação.

"Se ela escreveu o bilhete, era presumivelmente amiga e cúmplice de Garcia. Que poderíamos, então, esperar que fizesse se ficasse sabendo da morte dele? Se ele a tivesse encontrado em algum empreendimento abominável, seus lábios poderiam ficar selados. Mesmo assim, ela certamente conservaria em seu coração rancor e ódio contra os que o haviam matado e, presumivelmente, ajudaria a puni-los na medida das suas possibilidades. Nesse caso, teríamos como encontrá-la e tentar usá-la? Esse foi meu primeiro pensamento. Mas defrontamo-nos então com um fato sinistro. Miss Burnet não foi vista por ninguém desde a noite do assassinato. Desapareceu por completo. Estará viva? Terá talvez encontrado seu fim na mesma noite que o amigo a quem chamara? Ou terá sido simplesmente aprisionada? Esta é a questão que ainda temos que resolver.

"Você há de compreender a gravidade da situação, Watson. Não temos nenhum pretexto para pedir um mandado. Todo o nosso esquema pareceria fantasioso aos olhos de um juiz. O desaparecimento da mulher não tem nenhum significado, já que qualquer morador daquela casa extraordinária pode ficar invisível por uma semana. Apesar disso, talvez ela esteja correndo risco de vida neste momento. Só me resta vigiar a casa e deixar meu agente, Warner, de guarda no portão. Não devemos permitir que essa situação se prolongue. Se a Justiça é impotente, precisamos assumir o risco nós mesmos."

"Que sugere?"

"Sei qual é o quarto dela. É acessível a partir do telhado de uma dependência. Minha sugestão é irmos lá esta noite, você e eu, e ver se podemos desvendar o cerne desse mistério."

Não era, devo confessar, uma perspectiva muito sedutora. A velha casa com sua atmosfera de assassinato e seus temíveis moradores, os perigos desconhecidos da abordagem e o fato de que estávamos nos pondo, do ponto de vista legal, numa posição delicada, tudo isso se combinava para amortecer meu ardor. Mas havia algo no gélido raciocínio de Holmes que tornava impossível fugir a qualquer aventura que ele recomendasse. Sabíamos que assim, e somente assim, seria possível encontrar uma solução. Apertei a mão dele em silêncio, e os dados estavam lançados.

Mas nossa investigação não estava destinada a ter um desfecho tão aventuroso. Eram por volta das cinco horas e as sombras da noite de março começavam a cair, quando um camponês alvoroçado entrou correndo em nosso quarto.

"Foram embora, Mr. Holmes. Pegaram o último trem. A senhora escapou e eu a trouxe num carro de aluguel, está lá embaixo."

"Excelente, Warner!" exclamou Holmes, levantando-se num salto. "Watson, as lacunas estão se fechando rapidamente."

No carro vimos uma mulher, semidesfalecida por força da exaustão nervosa. No seu rosto aquilino e emaciado estampavam-se os traços de uma tragédia recente. Sua cabeça pendia frouxa sobre o peito, mas quando ela a ergueu e virou seus olhos baços para nós vi que suas pupilas eram pontos escuros no centro da ampla íris cinza. Ela fora drogada com ópio.

"Montei guarda no portão, como o senhor aconselhou, Mr. Holmes", disse nosso emissário, o jardineiro demitido. "Quando a carruagem saiu, eu a segui até a estação. Ela andava como uma sonâmbula; mas quando tentaram enfiá-la no trem, recobrou a vida e lutou. Eles a empurraram no vagão. Ela se debateu e conseguiu sair de novo. Ajudei-a, consegui metê-la num carro de aluguel e cá estamos. Nunca esquecerei o rosto na janela do vagão quando a levei embora. Eu teria uma vida bem curta se ele pudesse fazer o que queria – o demônio amarelo mal-encarado, de olhos pretos."

A dama foi levada para cima, deitada no sofá, e duas xícaras do mais forte dos cafés logo limparam seu cérebro da névoa da droga. Baynes havia sido chamado por Holmes e a situação lhe fora rapidamente explicada.

"Ora, senhor, conseguiu para mim exatamente a prova que eu queria", disse o inspetor, calorosamente, sacudindo a mão

"Ela se debateu e conseguiu sair de novo."
[Arthur Twidle, *Strand Magazine*, 1908]

de meu amigo. "Eu estava na mesma pista que o senhor desde o início."

"Não diga! Estava de olho em Henderson?"

"Ora, Mr. Holmes, quando o senhor rastejava por entre os arbustos em High Gable, eu estava em cima de uma das árvores do terreno e o via lá embaixo. Era apenas uma questão de quem obteria a prova primeiro."

"Nesse caso, por que prendeu o mulato?"

Baynes deu uma risadinha.

"Eu tinha certeza de que Henderson, como ele diz se chamar, sentia que era suspeito e ficaria à espreita, sem fazer nenhum movimento, enquanto pensasse que corria algum perigo. Prendi o homem errado para levá-lo a acreditar que não estávamos de olho nele. Sabia que então ele provavelmente fugiria e nos daria uma chance de encontrar Miss Burnet."

Holmes pôs a mão no ombro do inspetor.

"O senhor irá longe na sua profissão. Tem instinto e intuição", disse.

Baynes corou de prazer.

"Terei um homem à paisana de guarda na estação a semana toda. Onde quer que o pessoal de High Gable vá, ele não os perderá de vista. Ele deve ter se visto em palpos de aranha quando Miss Burnet escapou. Mas seu homem a agarrou e tudo terminou bem. Como não podemos fazer detenções sem o depoimento dela, é claro, quanto mais cedo pudermos ouvi-la, melhor."

"Ela está ficando mais forte a cada minuto", disse Holmes dando uma olhadela na governanta. "Mas diga-me, Baynes, quem é esse tal de Henderson?"

"Henderson", respondeu o inspetor, "é Don Murillo, outrora chamado o Tigre de San Pedro."

O Tigre de San Pedro! Recordei toda a história do homem num instante. Ele fizera seu nome como o mais lascivo e sanguinário tirano que já governou algum país que se pretenda civilizado. Forte, destemido e enérgico, conseguiu impor seus vícios odiosos a um povo acovardado durante dez ou doze anos. Seu nome era um terror em toda a América Central. Ao fim desse tempo, houve um levante geral contra ele. Mas o homem era tão astuto quanto cruel, e ao primeiro boato de que corria perigo mandou transportar secretamente seus tesouros para um navio tripulado por devotados partidários seus. Foi um palácio vazio que os insurgentes invadiram no dia seguinte. O ditador, suas duas filhas, seu secretário e sua fortuna haviam todos escapado. A partir desse momento ele havia desaparecido da face da terra e sua identidade tinha sido objeto de frequentes comentários na imprensa europeia.

"Sim, senhor; Don Murillo, o Tigre de San Pedro", disse Baynes. "Se procurar, verá que as cores de San Pedro são verde e branco, as mesmas do bilhete, Mr. Holmes. Ele dizia chamar-se Henderson, mas reconstituí suas pegadas por Paris, Roma, Madri e Barcelona, onde seu navio aportou em 1886. Eles o procuraram o tempo todo para se vingar, mas só agora começavam a localizá-lo."

"Descobriram-no um ano atrás", disse Miss Burnet, que havia se sentado e agora acompanhava atentamente a conversa. "Já atentaram contra sua vida uma vez, mas algum espírito malfazejo o protegeu. Agora, mais uma vez, foi o nobre e cavalheiresco Garcia que tombou, enquanto o monstro se safa. Mas um outro virá, e mais outro, até que algum dia se fará justiça; isto é tão certo quanto o nascer do sol amanhã." Cerrou as mãos magras e seu rosto exausto empalideceu de ódio.

"Mas como a senhora entra nessa história, Miss Burnet?" perguntou Holmes. "Como pode uma dama inglesa envolver-se num caso tão mortal?"

"Envolvi-me nele porque não há outra maneira neste mundo de assegurar que a justiça seja feita. Que importância têm para a Justiça da Inglaterra os rios de sangue derramados anos atrás em San Pedro, ou o navio abarrotado com os tesouros que esse homem roubou? Para os senhores eles são como crimes cometidos em outro planeta. Mas *nós* sabemos. Aprendemos a verdade na dor e no sofrimento. Para nós não há um demônio no inferno comparável a Juan Murillo, e nenhuma paz na vida enquanto suas vítimas continuarem gritando por vingança."

"Sem dúvida", disse Holmes, "ele era como diz. Ouvi dizer que era atroz. Mas como a senhora foi afetada?"

"Vou lhes contar tudo. A política desse bandido era assassinar, sob algum pretexto, todo homem que desse mostras de que poderia vir a ser um dia um rival perigoso. Meu marido – sim, meu nome verdadeiro é Signora Victor Durando – foi embaixador de San Pedro em Londres. Ali nos conhecemos e nos casamos. Nunca houve homem mais nobre na face da terra. Infelizmente, Murillo soube de sua excelência, chamou-o de volta sob algum pretexto e mandou fuzilá-lo. Com uma premonição de seu destino, ele se recusara a me levar consigo. Suas propriedades foram confiscadas e fiquei com uma pensão insignificante e o coração partido.

"Depois veio a derrocada do tirano. Ele escapou como o senhor acaba de descrever. Os muitos cujas vidas ele arruinara, porém, cujos entes mais próximos e mais queridos haviam sofrido tortura e morte em suas mãos, não deixariam as coisas ficarem assim. Eles se reuniram numa sociedade que não deveria se dissolver até que o trabalho fosse feito. Depois que descobrimos que Henderson era o déspota derrubado, coube-me ingressar na sua criadagem e manter os outros a par de seus movimentos. Consegui fazer isso obtendo o cargo de governanta na família. Ele nem suspeitava que a mulher que se sentava à sua frente em cada refeição era aquela cujo marido ele despachara instantaneamente para a eternidade. Eu lhe sorria, cumpria minhas obrigações junto às suas filhas e esperava o momento propício. Uma tentativa foi feita em Paris, e fracassou. Ziguezagueamos rapidamente por aqui e por ali em toda a Europa para nos livrar dos perseguidores, e finalmente voltamos para esta casa, que ele alugara ao chegar à Inglaterra pela primeira vez.

"Mas também aqui os agentes da Justiça estavam à sua espera. Sabendo que ele voltaria para cá, Garcia, filho do homem que foi outrora o mais alto dignitário de San Pedro, esperava com dois companheiros de confiança na humilde estação, os três armados com as mesmas razões para a vingança. Ele pouco podia fazer durante o dia, porque Murillo tomava todas as precauções e nunca saía, exceto com seu capanga Lucas, ou Lopez, como era conhecido nos dias de sua grandeza. À noite, porém, ele dormia sozinho, e o vingador poderia encontrá-lo. Certa noite, conforme previamente combinado, enviei a meu amigo as instruções finais, pois o homem estava sempre vigilante e mudava constantemente de quarto. Eu deveria cuidar para que as portas estivessem abertas e o sinal de uma luz verde ou branca numa janela que dava para o caminho deveria indicar se tudo estava seguro, ou se seria melhor adiar a tentativa.

"Mas tudo deu errado para nós. De alguma maneira eu havia despertado a desconfiança de Lopez, o secretário. Ele se aproximou furtivamente e saltou sobre mim assim que eu acabei de escrever o bilhete. Ele e seu patrão me arrastaram para o meu quarto e julgaram-me culpada de traição. Teriam enfiado suas facas em mim naquela hora, ali mesmo, se tivessem visto como escapar das consequências de seu ato. Por fim, após muita discussão, concluíram que meu assassinato seria perigoso demais. Mas decidiram desvencilhar-se para sempre de Garcia. Tinham me amordaçado, e Murillo torceu meu braço até que lhe dei o endereço. Juro que ele poderia tê-lo arrancado fora se eu tivesse compreendido o que aquilo significaria para Garcia. Lopez endereçou o bilhete que eu escrevera, selou-o com sua abotoadura e mandou-o pelo criado José. Como eles o mataram, eu não sei, exceto que foi a mão de Murillo que o abateu, porque Lopez ficou para me vigiar. Acredito que ele deve ter esperado junto às moitas de tojo, por entre as quais o caminho serpenteia, golpeando-o quando passava. A princípio eles pretendiam deixar que ele entrasse na casa para matá-lo depois como um ladrão apanhado em flagrante; mas refletiram que, caso se envolvessem num inquérito, sua própria identidade seria publicamente revelada e estariam expostos a outros ataques. Com a morte de Garcia a perseguição talvez cessasse, já que ela poderia atemorizar outros perseguidores.

"Agora tudo estaria bem para eles, não fosse o fato de eu saber o que tinham feito. Eu não tinha dúvida de que, em certos momentos, minha vida ficava por um fio. Confinaram-me em meu quarto, aterrorizaram-me com as mais horríveis ameaças, maltrataram-me cruelmente para quebrar meu moral – vejam esta punhalada no meu ombro e as contusões pelos

"Ele e seu patrão me arrastaram para o meu quarto." [Arthur Twidle, *Strand Magazine*, 1908]

meus braços inteiros – e enfiaram-me um pano na boca na única vez que tentei gritar da janela. Esse encarceramento cruel durou cinco dias, e mal me davam comida suficiente para me manter viva. Esta tarde levaram-me um bom almoço, mas assim que terminei de comê-lo senti que havia sido drogada. Lembro-me, numa espécie de sonho, de ter sido meio levada, meio carregada até a carruagem; no mesmo estado fui embarcada no trem. Só então, quando as rodas estavam quase se movendo, percebi de repente que minha liberdade estava em minhas mãos. Saltei, eles tentaram me arrastar de volta, e se não fosse pela ajuda desse bom homem, que me levou para o carro, nunca teria escapado. Agora, graças a Deus, estou fora do alcance deles para sempre."

Todos nós havíamos ouvido atentamente esse extraordinário relato. Foi Holmes quem rompeu o silêncio.

"Nossas dificuldades não terminaram", observou, sacudindo a cabeça. "Nosso trabalho policial termina, mas o trabalho legal começa."

"Exatamente", disse eu. "Um advogado convincente poderia apresentar isso como um ato de legítima defesa. Pode haver centenas de crimes por trás da história, mas é somente por este que eles podem ser julgados."

"Ora", disse Baynes, animado; "tenho a Justiça em mais alta conta que o senhor. Legítima defesa é uma coisa. Atrair um homem a sangue-frio com o objetivo de assassiná-lo é outra, seja qual for a ameaça que ele represente. Não, não; veremos a justiça ser feita quando virmos os moradores de High Gable na próxima sessão do tribunal do condado em Guildford."

É um fato histórico, contudo, que algum tempo ainda se passaria antes que o Tigre de San Pedro recebesse seu merecido castigo. Astutos e atrevidos, ele e seu companheiro despistaram seu perseguidor entrando numa hospedaria em Edmonton Street e saindo pelo portão dos fundos em Curzon Square. Desse dia em diante não foram mais vistos na Inglaterra. Cerca de seis meses mais tarde, o marquês de Montalva e o Signor Rulli, seu secretário, foram ambos mortos em seus aposentos no Hotel Escurial, em Madri. O crime foi atribuído ao niilismo e os assassinos nunca foram presos. O inspetor Baynes visitou-nos em Baker Street com uma descrição impressa do rosto moreno do secretário, e dos traços imperiosos, os magnéticos olhos pretos e as bastas sobrancelhas de seu patrão. Não tivemos dúvida de que a justiça, ainda que tivesse tardado, fora feita por fim.

"Um caso caótico, meu caro Watson", disse Holmes fumando um cachimbo vespertino. "Não lhe será possível apresentá-lo daquela forma compacta que é lhe tão cara. Ele abrange dois continentes, envolve dois grupos de pessoas misteriosas e se torna ainda mais complicado pela presença altamente respeitável de nosso amigo Scott Eccles, cuja inclusão me mostra que o falecido Garcia tinha uma mente astuta e um instinto de autopreservação bem-desenvolvido. É um caso digno de nota unicamente porque, em meio a uma perfeita selva de possibilidades, nós, com nosso valoroso colaborador, o inspetor, nos mantivemos firmemente aferrados aos elementos essenciais, e assim fomos guiados pela senda curva e serpeante. Há algum ponto que não esteja inteiramente claro para você?"

"Com que objetivo o cozinheiro mulato voltou?"

"Penso que aquela estranha criatura na cozinha pode explicar isso. O homem era um selvagem primitivo dos sertões de San Pedro, e aquele era seu fetiche. Quando ele e seu companheiro fugiram para algum esconderijo pré-arranjado – já ocupado, sem dúvida, por um cúmplice –, o companheiro o persuadiu a deixar aquele objeto tão comprometedor. Mas o coração do mulato estava com aquilo, e ele se sentiu compelido a voltar para junto dele no dia seguinte, quando, ao fazer um reconhecimento pela janela, encontrou o policial Walters de guarda. Esperou mais três dias, e então sua piedade ou sua superstição o arrastou mais uma vez. O inspetor Baynes, que, com sua esperteza habitual, havia minimizado o acidente antes na minha presença, havia na realidade reconhecido sua importância e preparara a armadilha em que a criatura caiu. Mais algum ponto, Watson?"

"E a ave despedaçada, o balde com sangue, os ossos carbonizados, todo o mistério daquela estranha cozinha?"

Holmes sorriu enquanto localizava um registro em sua caderneta.

"Passei uma manhã no Museu Britânico lendo sobre esse e outros pontos. Aqui está uma citação do livro de Eckermann, *Vodu e religiões negroides*:

> O verdadeiro voduísta não empreende nada de importância sem certos sacrifícios destinados a propiciar seus deuses impuros. Em casos extremos, esses ritos tomam a forma de sacrifícios humanos seguidos por canibalismo. As vítimas mais comuns são um galo branco, que é despedaçado vivo, ou um bode preto, cujo pescoço é cortado e o sangue é queimado.

"Como você vê, nosso amigo selvagem era muito ortodoxo em seu ritual. É grotesco, Watson", acrescentou Holmes, fechando lentamente sua caderneta; "mas, como já tive oportunidade de observar, apenas um passo separa o grotesco do horrível."

O Círculo Vermelho

· I ·

"Bem, Mrs. Warren, não vejo por que a senhora teria qualquer motivo especial para inquietação, nem compreendo por que um homem como eu, cujo tempo tem certo valor, deveria interferir no assunto. Realmente tenho outras coisas com que me ocupar." Assim falou Sherlock Holmes, e virou-se novamente para o grande livro de recortes em que arranjava e indexava parte de seu material recente.

Mas a senhoria, que tinha pertinácia e também a esperteza de seu sexo, não arredou pé.

"O senhor resolveu um assunto para um inquilino meu ano passado", disse. "Mr. Fairdale Hobbs."

"Ah, sim... um assunto simples."

"Mas ele nunca se cansa de falar disso – da sua bondade, senhor, e do modo como lançou luz na escuridão. Lembrei-me das palavras dele quando me vi eu mesma na dúvida e na escuridão. Sei que o senhor poderia, se quisesse."

Holmes era vulnerável a lisonjas, e também, para lhe fazer justiça, tinha bom coração. Uma e outra coisa fizeram-no pousar o pincel de cola com um suspiro de resignação e afastar sua cadeira para trás.

"Bem, bem, Mrs. Warren, então vamos ouvir essa história. Não faz objeção a que eu fume, não é? Obrigado, Watson – os fósforos! Está preocupada, pelo que vejo, porque seu novo inquilino permanece em seus aposentos e a senhora não consegue vê-lo. Ora, acredite-me, Mrs. Warren, se eu fosse seu inquilino, muitas vezes passaria semanas a fio sem me ver."

"Sem dúvida, senhor; mas isto é diferente. Isto me assusta, Mr. Holmes. Não consigo dormir de pavor. Ouvir os passos rápidos dele indo para cá e para lá desde a madrugada até tarde da noite, e apesar disso nunca conseguir vê-lo nem de relance – é mais do que posso suportar. Meu marido está tão nervoso com isso quanto eu, mas ele passa o dia todo fora, no trabalho, enquanto eu não tenho uma trégua. Para que ele se esconde? Que devemos fazer? Exceto pela menina, fico sozinha na casa com ele, e isso é mais do que meus nervos podem suportar."

Holmes inclinou-se e pousou seus dedos compridos e magros no ombro da mulher. Tinha um poder quase hipnótico de tranquilizar, quando queria. A expressão assustada desapareceu dos olhos dela e seus traços agitados apaziguaram-se. Ela se sentou na cadeira indicada por ele. "Se for tratar disso, preciso entender todos os detalhes", disse ele. "Pense com calma. O menor detalhe pode ser o mais essencial. Disse que o homem chegou dez dias atrás e lhe pagou casa e comida por quinze dias?"

"Perguntou quais eram minhas condições. Eu disse cinquenta xelins por semana. É uma saleta e um quarto mobiliados no alto da casa."

"E então?"

"Ele disse: 'Vou lhe pagar cinco libras por semana se puder tê-lo nas minhas condições.' Sou uma mulher pobre, Mr. Warren ganha pouco e esse dinheiro significava muito para mim. Ele pegou uma nota de dez libras, estendeu-a para mim ali mesmo. 'Poderá ganhar a mesma coisa a cada quinze dias por um bom tempo se cumprir as condições', disse. 'Do contrário, nossos negócios estarão encerrados.'"

"Quais eram as condições?"

"Bem, senhor, eram que ele teria uma chave da casa. Quanto a isso não havia problema. Inquilinos frequentemente têm a chave. Também que ele deveria ser deixado inteiramente a sós e nunca ser incomodado, sob nenhum pretexto."

"Nada de extraordinário nisso, não é?"

"Aparentemente não, senhor. Mas é completamente absurdo. Faz dez dias que está lá e nem Mr. Warren, nem eu nem a menina nunca pusemos os olhos nele. Podemos ouvi-lo andando depressa para cá e para lá, para cá e para lá, de noite, de manhã e de tarde; mas, exceto naquela primeira noite, ele nunca mais saiu da casa."

"Oh, ele saiu na primeira noite, não foi?"

"Sim, senhor, e voltou muito tarde – quando já estávamos todos deitados. Depois de alugar o quarto, disse que faria isso e me pediu para não passar a tranca na porta. Eu o ouvi subindo a escada depois da meia-noite."

"Mas e as refeições dele?"

"Deu instruções precisas para, sempre que ele tocasse, deixarmos sua comida sobre uma cadeira, do lado de fora de sua porta. Depois que termina ele toca de novo e pegamos a bandeja na mesma cadeira. Quando quer alguma coisa, escreve em letra de forma num pedaço de papel e deixa lá."

"Em letra de forma?"

"Isso mesmo, senhor, e a lápis. Só a palavra, mais nada. Aqui está um que eu trouxe para lhe mostrar – SABONETE. Aqui está outro – FÓSFORO. Este aqui ele deixou na primeira manhã – DAILY GAZETTE. Deixo esse jornal com seu desjejum todas as manhãs."

"Meu Deus, Watson", disse Holmes, olhando com grande curiosidade as tiras de papel ofício que a senhoria lhe entregara, "isto é certamente um pouco inusitado. Isolamento eu posso entender, mas por que letra de forma? Escrever assim é trabalhoso. Por que não em cursiva? O que você sugere, Watson?"

"Que ele deseja ocultar sua letra."

"Mas por quê? Que importância pode ter para ele que sua senhoria conheça sua letra? Apesar disso, talvez você tenha razão. Ademais, por que mensagens tão lacônicas?"

"Não faço a menor ideia."

"Isso abre um agradável campo para a análise inteligente. As palavras são escritas com um lápis violeta de ponta grossa, de um padrão que não é comum. Você pode observar que o papel foi rasgado aqui do lado depois que a palavra foi escrita, de modo que parte do 'S' de 'SABONETE' desapareceu. Sugestivo, não é, Watson?"

"De cautela?"

"Exatamente. É óbvio que havia alguma marca, alguma impressão do polegar, alguma coisa que poderia dar uma pista da identidade da pessoa. Disse que o homem é de estatura mediana, moreno e de barba, Mrs. Warren. Que idade teria?"

"Jovem, senhor – não mais de trinta anos."

"Holmes, olhando com grande curiosidade as tiras de papel ofício." [H.M. Brock, R.I., e Joseph Simpson, R.B.A., *Strand Magazine*, 1911]

"Bem, não pode me dar mais nenhuma indicação?"

"Falava um bom inglês, senhor, mas tive a impressão de que era estrangeiro, pelo sotaque."

"E estava bem-vestido?"

"Vestido com muita elegância, senhor – um perfeito cavalheiro. Roupas escuras – nada que chamasse a atençao."

"Não deu nenhum nome?"

"Não, senhor."

"E não recebeu nenhuma carta? Ninguém o procurou?"

"Ninguém."

"Mas com certeza a senhora ou a menina entram no quarto dele de manhã?"

"Não, senhor; ele mesmo arruma tudo."

"Meu Deus! Isso é certamente notável. Que me diz da bagagem dele?"

"Tinha consigo uma grande mala marrom – mais nada."

"Bem, ao que parece não temos muito material para nos ajudar. A senhora disse que nada saiu daquele quarto – absolutamente nada?"

A senhoria tirou um envelope da bolsa e sacudiu sobre a mesa dois palitos de fósforo queimados e uma ponta de cigarro.

"Estavam na bandeja dele esta manhã. Trouxe-os porque ouvi falar que o senhor pode fazer grandes descobertas a partir de coisas pequenas."

Holmes deu de ombros.

"Não há nada aqui", disse. "Os fósforos foram usados, é claro, para acender cigarros. Isso é óbvio pelo pequeno tamanho da ponta queimada. Quando se acende um cachimbo ou um charuto, metade do palito é consumida. Mas vejam só! Esta ponta de cigarro é certamente notável. Disse que o cavalheiro tinha barba e bigode?"

"Sim, senhor."

"Não compreendo. Eu diria que só um homem escanhoado poderia ter fumado isto. Ora, Watson, até o seu modesto bigode teria sido chamuscado."

"Uma piteira?" sugeri.

"Não, não; a ponta está opaca. Suponho que não possa haver duas pessoas em seu apartamento, Mrs. Warren?"

"Não, senhor. Ele come tão pouco que me admira que isso mantenha uma pessoa viva."

"Bem, creio que devemos esperar por um pouco mais de material. Afinal, a senhora não tem do que se queixar. Recebeu seu aluguel, e ele não é um inquilino importuno, embora seja sem dúvida incomum. Paga-lhe bem, e se prefere ficar escondido, isso não é propriamente da sua conta. Não temos nenhuma desculpa para invadir sua privacidade até que tenhamos alguma razão para acreditar que há um motivo criminoso para ela. Assumi o caso e não vou perdê-lo de vista. Faça-me saber se houver alguma novidade e conte com minha ajuda se ela for necessária.

"Há sem dúvida alguns pontos de interesse neste caso, Watson", observou ele depois que a senhoria nos deixou. "Ele pode ser trivial, é claro – excentricidade individual; ou pode ser muito mais profundo do que parece. A primeira coisa que causa impressão é a óbvia possibilidade de que a pessoa que está nos quartos agora seja inteiramente diferente daquela que os alugou."

"Por que pensa isso?"

"Bem, afora essa ponta de cigarro, não é sugestivo que a única vez que o inquilino saiu tenha sido imediatamente após alugar os quartos? Ele voltou – ou alguém voltou – quando todas as testemunhas estavam fora do caminho. Não temos nenhuma prova de que a pessoa que voltou foi a que tinha saído. Além disso, o homem que alugou os quartos falava inglês bem. Esta outra, no entanto, escreve 'fósforo', quando deveria ter escrito 'fósforos'. Posso imaginar que a palavra foi tirada de um dicionário, que daria o substantivo, mas não o plural. O estilo lacônico pode ser para ocultar a falta de conhecimento de inglês. Sim, Watson, há bons motivos para se suspeitar que houve uma substituição de inquilinos."

"Mas com que finalidade?"

"Ah! Aí reside o nosso problema. Há uma linha de investigação bastante óbvia." Ele pegou o grande livro em que, dia a dia, colava as colunas de anúncios pessoais publicadas nos vários jornais de Londres. "Meu Deus!" disse, virando as páginas. "Que coro de gemidos, gritos e balidos! Que miscelânea de fatos singulares! Mas certamente a mais valiosa área de caça que já foi dada a um estudioso do inusitado! Essa pessoa está sozinha e não pode receber uma carta sem que o absoluto sigilo desejado seja rompido. Como pode alguma notícia ou alguma mensagem de fora chegar a ela? Obviamente por meio de um anúncio publicado num jornal. Parece não haver nenhuma outra maneira, e felizmente só precisamos levar em conta um único jornal. Aqui estão os extratos do *Daily Gazette* nos últimos quinze dias. 'Senhora com boá preto no Prince's Skating Club' – podemos passar isto. 'Com certeza Jimmy não partirá o coração de sua mãe' – isto parece irrelevante. 'Se a dama que desmaiou no ônibus de Brixton' – ela não me interessa. 'Todos os dias meu coração anseia...' Choradeira, Watson – pura choradeira! Ah, isto é um pouco mais possível. Ouça: 'Seja paciente. Encontrarei algum meio seguro de comunicação. Até lá, esta coluna. – G.' Isto foi dois dias depois que o inquilino de Mrs. Warren chegou. Soa plausível, não é? A pessoa misteriosa seria capaz de compreender inglês, embora não de escrever nessa língua. Vejamos se conseguimos encontrar o rastro de novo. Sim, cá está – três dias depois. 'Estou fazendo preparativos bem-sucedidos. Paciência e prudência. As nuvens vão passar. – G.' Nada por uma semana depois disso. Depois vem algo muito mais explícito: 'O caminho está se desobstruindo. Se eu encontrar oportunidade de enviar mensagem por sinais, lembre-se do código combinado: um A, dois B, e assim por diante. Terá notícias em breve. – G.' Isto estava no jornal de ontem e não há nada no de hoje. Tudo se ajusta muito bem ao inquilino de Mrs. Warren. Se esperarmos um pouco, Watson, não tenho dúvida de que o caso ficará mais inteligível."

Foi o que aconteceu; de manhã, encontrei meu amigo de pé sobre o tapete, as costas para o fogo, e um sorriso de beatitude no rosto.

"Que acha disto, Watson?" exclamou, pegando o jornal na mesa. "'Casa vermelha alta com revestimento de pedra branca. Terceiro andar. Segunda janela à esquerda. Depois do anoitecer. – G.' Isto é bastante explícito. Parece-me que depois do desjejum devemos fazer um pequeno reconhecimento da vizinhança de Mrs. Warren. Ah, Mrs. Warren! Que notícias nos traz esta manhã?"

Nossa cliente irrompera de repente na sala com uma energia explosiva que falava de algum novo e importante desdobramento.

"É um caso de polícia, Mr. Holmes!" exclamou ela. "Estou farta disso! Ele tem de sair de lá com sua bagagem. Quase fui lá diretamente e lhe disse isso, mas pensei que era justo ouvir sua opinião primeiro. Mas minha paciência se esgotou e quando começam a maltratar o meu velho..."

"Maltratar Mr. Warren?"

"Bem, tratá-lo de maneira rude."

"Quem o tratou de maneira rude?"

"Ah! Isso é o que nós queremos saber! Foi esta manhã. Mr. Warren controla o livro de ponto na Morton and Waylight's, em Tottenham Court Road. Tem de sair de casa antes das sete. Pois bem, esta manhã ele não tinha dado nem dez passos pela rua quando dois homens se aproximaram dele por trás, jogaram um paletó sobre a sua cabeça e o enfiaram num carro de aluguel que estava junto do meio-fio. Andaram uma hora com ele, depois abriram a porta e o lançaram fora. Ele ficou caído lá na estrada, tão perturbado que nem viu o que foi feito do carro. Quando se levantou descobriu que estava em Hampstead Heath; pegou então um ônibus para casa, e lá está ele agora, deitado no sofá, enquanto eu vim direto para cá lhe contar o acontecido."

"Extremamente interessante", disse Holmes. "Ele observou o aspecto desses homens – ouviu-os falar?"

"Não; ele está completamente atordoado. Só sabe que o agarraram e depois jogaram na estrada, como que por encanto. Eram pelo menos dois, talvez três."

"E a senhora associa esse ataque com o seu inquilino?"

"Bem, faz quinze anos que moramos ali e nunca nos aconteceu nada parecido. Estou farta dele. Dinheiro não é tudo. Quero que dê o fora da minha casa ainda hoje."

"Espere um pouco, Mrs. Warren. Não faça nada de precipitado. Começo a pensar que esse caso pode ser muito mais importante do que parecia à primeira vista. Está claro agora que algum perigo ameaça seu inquilino. Está igualmente claro que os inimigos dele, que estavam à sua espera perto da sua porta, confundiram seu marido com ele na semiobscuridade da manhã. Ao descobrir seu erro, soltaram-no. Que teriam feito se não tivesse sido um engano, podemos apenas conjecturar."

"Bem, que devo fazer, Mr. Holmes?"

"Gostaria muito de ver esse seu inquilino, Mrs. Warren."

"Não sei como poderia, a menos que entre à força pela porta. Eu sempre o ouço destrancá-la quando desço a escada, depois de deixar a bandeja."

"Ele tem de pegar a bandeja. Quem sabe poderíamos nos esconder e espiá-lo fazendo isso?"

A senhoria pensou por um momento.

"Bem, senhor, o quartinho de guardados fica em frente. Eu poderia arranjar um espelho, talvez, e se o senhor ficasse atrás da porta..."

"Excelente!" exclamou Holmes. "A que horas ele almoça?"

"Por volta da uma, senhor."

"Então o dr. Watson e eu estaremos lá a tempo. Por ora, até logo, Mrs. Warren."

Ao meio-dia e meia vimo-nos nos degraus da casa de Mrs. Warren – um prédio alto e fino, de tijolos amarelos, em Great Orme Street, uma via estreita no lado nordeste do Museu Britânico. Ficando perto da esquina da rua, dá vista para a Howe Street, com suas casas mais pretensiosas. Holmes apontou uma delas, com uma risadinha: uma fila de prédios residenciais que se projetava de tal modo que não podia deixar de chamar a atenção.

"Veja, Watson!" disse. "'Casa vermelha alta com revestimento de pedra branca.' Ali fica sem dúvida o posto para o envio dos sinais. Como conhecemos o lugar e conhecemos o código, nossa tarefa certamente será simples. Há um cartaz de 'Aluga-se' naquela janela. Evidentemente é um apartamento vazio a que o parceiro tem acesso. Bem, Mrs. Warren, e agora?"

"Deixei tudo pronto para o senhor. Se quiserem subir os dois e deixar suas botas embaixo, no patamar, eu os levo lá agora."

Ela nos arranjara um excelente esconderijo. O espelho foi disposto de tal maneira que, sentados no escuro, podíamos ver muito claramente a porta em frente. Mal havíamos nos instalado, e Mrs. Warren nos deixado, quando um tilintar distante revelou que nosso misterioso vizinho tocara a campainha. Pouco tempo depois a senhoria apareceu com a bandeja, depositou-a sobre uma cadeira junto da porta fechada e em seguida, arrastando-se pesadamente, foi embora. Agachados juntos no canto da porta, mantínhamos os olhos fixos no espelho. De repente, quando não se ouviam mais os passos da senhoria, ouvimos o rangido de uma chave girando, a maçaneta mexeu-se e duas mãos finas avançaram e levantaram a bandeja da cadeira. Um instante depois ela foi posta de novo no lugar, às pressas, e vi de relance um bonito rosto moreno olhando horrorizado para a estreita abertura do quartinho de guardados. Em seguida a porta bateu, a chave girou de novo e fez-se completo silêncio. Holmes deu um puxão na minha manga e juntos nos esgueiramos escada abaixo.

"Voltarei à noite", disse ele à ansiosa senhoria. "Parece-me, Watson, que podemos discutir melhor este assunto em casa."

"Minha suposição, como você viu, provou-se correta", disse ele, falando das profundezas de sua espreguiçadeira. "Houve

"Vi de relance um bonito rosto moreno olhando horrorizado para a estreita abertura do quartinho de guardados." [H.M. Brock, R.I., e Joseph Simpson, R.B.A., *Strand Magazine*, 1911]

uma substituição de inquilinos. O que não previ foi que encontraríamos uma mulher, e uma mulher nada comum, Watson."

"Ela nos viu."

"Bem, viu alguma coisa que a alarmou. Isto é certo. A sequência geral dos acontecimentos está bastante clara, não é? Um casal procura refúgio em Londres contra um terrível e iminente perigo. O rigor de suas precauções nos dá uma medida desse perigo. O homem, que tem certo trabalho a realizar, deseja deixar a mulher em absoluta segurança nesse ínterim. Não é um problema fácil, mas ele o resolveu de uma maneira original, e tão eficazmente que a presença dela não era conhecida sequer pela senhoria que lhe fornece comida. As mensagens eram escritas em letra de forma, agora fica evidente, para evitar que seu sexo fosse descoberto pela caligrafia. O homem não pode se aproximar da mulher, ou guiaria seus inimigos até ela. Não podendo se comunicar com ela diretamente, recorre à coluna de anúncios pessoais de um jornal. Até aqui está tudo claro."

"Mas qual é a raiz disso?"

"Ah, sim, Watson – estritamente prático, como de costume! Qual é a raiz de tudo isso? O extravagante problema de Mrs. Warren amplia-se um pouco e assume um aspecto mais sinistro à medida que avançamos. Uma coisa podemos afirmar: não se trata de uma aventura amorosa banal. Você viu o rosto da mulher ao sinal de perigo. Soubemos, também, do ataque ao senhorio, que era indubitavelmente destinado ao inquilino. Esses alarmes, e a necessidade desesperada de sigilo, sugerem que se trata de um assunto de vida ou morte. O ataque a Mr. Warren mostra ainda que os inimigos, sejam quem forem, não estão eles mesmos a par da substituição do inquilino pela inquilina. É tudo muito curioso e complexo, Watson."

"Por que você irá adiante nesse caso? Que tem a ganhar com ele?"

"De fato, o quê? É a arte pela arte, Watson. Suponho que quando se doutorou você se viu estudando casos sem pensar em honorários, não é?"

"Em prol da minha educação, Holmes."

"A educação nunca termina, Watson. É uma série de lições e a mais importante vem no fim. Este é um caso instrutivo. Embora não envolva dinheiro nem reputação, desejo esclarecê-lo. Quando a noite cair poderemos avançar um estágio em nossa investigação."

Quando voltamos à casa de Mrs. Warren, o sombrio entardecer de inverno já se espessara numa cortina cinza, uma uniformidade fosca de cor, quebrada apenas pelos nítidos quadrados amarelos de luz das janelas e pelos halos borrados dos lampiões de gás. Enquanto olhávamos da sala de visitas às escuras da pensão, mais uma luz pálida brilhou lá no alto através da escuridão.

"Alguém está se movendo naquela peça", disse Holmes num sussurro, seu rosto descarnado e ansioso colado na vidraça. "Sim, posso ver sua sombra. Lá está ele de novo! Tem uma vela na mão. Não está olhando para cá. Quer ter certeza de que ela está de prontidão. Agora ele começa a fazer sinais. Anote a mensagem também, Watson, para podermos conferir um com o outro. Um único lampejo – isso é 'A', com certeza. De novo. Quantos você contou? Vinte. Eu também. Isso deve significar 'T'. A T – isso está bastante claro! Outro 'T'. Com certeza é o início de uma segunda palavra. De novo – TENTA. Ponto-final. Pode ser só isso, Watson? ATTENTA não faz sentido nenhum. A coisa não melhora nada se forem três palavras, AT, TEN, TA; a menos que 'T.A.' sejam as iniciais de uma pessoa. Está recomeçando! Que é aquilo? ATTE – ora, é a mesma mensagem novamente! AT – veja só, agora ele a repete pela terceira vez.

'ATTENTA' três vezes! Quantas vezes vai repetir isso? Não, isso parece ser o fim. Ele se afastou da janela. Como interpreta isso, Watson?"

"Uma mensagem cifrada, Holmes."

De repente meu companheiro deu uma risadinha, como quem acaba de compreender alguma coisa. "E não é uma cifra muito obscura, Watson", disse ele. "Ora, é italiano, é claro! O 'A' final significa que a mensagem é dirigida a uma mulher. 'Cuidado! Cuidado! Cuidado!' Que acha disto, Watson?"

"Acho que você acertou."

"Sem dúvida. É uma mensagem muito urgente, repetida três vezes para que isso fique bem enfatizado. Mas cuidado com o quê? Espere; ele está se aproximando da janela de novo."

Vimos mais uma vez a silhueta indistinta de um homem agachado e o movimento rápido da pequena chama de um lado a outro da janela à medida que os sinais eram renovados. Eles se sucederam mais rapidamente que antes – tão rapidamente que foi difícil acompanhá-los.

"'PERICOLO' – 'pericolo' – hã, que é isso, Watson? 'Perigo', não é? Sim, por Deus, é um sinal de perigo. Lá vai ele de novo! 'PERI.' Veja só! Que diabo..."

A luz se apagara de repente, o quadrado tenuemente iluminado da janela desaparecera e o terceiro andar formava agora uma faixa escura em torno do alto prédio, com suas fileiras de vidraças reluzentes. Aquele último brado de advertência havia sido subitamente interrompido. Como, e por quem? O mesmo pensamento ocorreu no mesmo instante a nós dois. Holmes deu um salto do lugar onde se agachava, junto da janela.

"Isso é sério, Watson", exclamou. "Alguma crueldade está sendo cometida! Por que uma mensagem assim se interromperia dessa maneira? Eu deveria informar a Scotland Yard sobre esse caso – por outro lado, é urgente demais para sairmos daqui."

"Devo ir chamar a polícia?"

"Devemos definir a situação um pouco mais claramente. Ela pode ter alguma interpretação inocente. Venha, Watson, vamos dar uma chegada lá, nós mesmos, e ver o que podemos fazer."

· II ·

ENQUANTO CAMINHÁVAMOS rapidamente pela Howe Street, voltei os olhos de relance para o prédio que acabávamos de deixar. Lá, vagamente delineada na janela de cima, pude ver a sombra de uma cabeça, a cabeça de uma mulher, perscrutando a noite numa postura tensa, rígida, esperando em suspense que a mensagem interrompida recomeçasse. Na entrada do prédio da Howe Street um homem, agasalhado com um cachecol e um sobretudo, apoiava-se na grade. Ele teve um sobressalto quando a luz do vestíbulo caiu sobre nossos rostos.

"Holmes!" exclamou.

"Ora, é o Gregson!" disse meu companheiro trocando um aperto de mãos com o detetive da Scotland Yard. "As viagens terminam com encontros de amantes. Que o traz aqui?"

"As mesmas razões que o trazem, suponho", respondeu Gregson. "Como você entrou nisso, nem posso imaginar."

"Fios diferentes, mas levando ao mesmo emaranhado. Eu estava observando os sinais."

"Sinais?"

"Sim, daquela janela. Eles se interromperam no meio. Viemos para ver a razão. Mas como o caso está seguro nas suas mãos, não vejo por que continuar nele."

"Espere!" exclamou Gregson, aflito. "Vou lhe fazer justiça, Mr. Holmes. Até hoje nunca estive num caso em que não tenha me sentido mais forte por tê-lo ao meu lado. Como este prédio só tem uma saída, ele está nas nossas mãos."

"Quem é ele?"

"Bem, desta vez estamos na sua frente, Mr. Holmes. Tem de reconhecer nossa vantagem." Bateu a bengala com força no chão e no mesmo instante um cocheiro, chicote na mão, veio gingando de um *four-wheeler* que estava parado do outro lado da rua. "Posso apresentá-lo a Mr. Sherlock Holmes?" disse ao cocheiro. "Este é Mr. Leverton, da Pinkerton's American Agency."

"O herói do Mistério da Caverna de Long Island?" perguntou Holmes. "É um prazer conhecê-lo, senhor."

O americano, um jovem silencioso, sério, com um rosto magro e escanhoado, de traços marcados, corou ante as palavras elogiosas. "Estou seguindo a pista mais importante da minha vida agora, Mr. Holmes", disse ele. "Se conseguir pegar Gorgiano..."

"Quê? Gorgiano do Círculo Vermelho?"

"Oh, então ele é famoso na Europa também? Bem, sabemos tudo sobre ele nos Estados Unidos. *Sabemos* que está por trás de cinquenta assassinatos, mas apesar disso não temos nada de positivo que nos permita prendê-lo. Segui a pista dele desde Nova York e estive nos seus calcanhares durante uma semana em Londres, esperando algum pretexto para lhe agarrar o colarinho. Mr. Gregson e eu o forçamos a se refugiar nesse grande prédio, e como só há uma porta, ele não pode se livrar de nós. Três pessoas saíram desde que entrou, mas posso jurar que nenhuma delas era ele."

"Mr. Holmes está falando sobre sinais", disse Gregson. "Imagino que, como de costume, ele sabe muita coisa que nós ignoramos."

Com poucas palavras, Holmes explicou claramente a situação tal como ela aparecera para nós. O americano bateu as mãos, aborrecido.

"Ele sabe que estamos aqui!" exclamou.

"Por que acha isso?"

"Bem, é o que parece, não é? Cá está ele, enviando mensagens para um cúmplice – há vários membros de sua quadrilha em Londres. De repente parou, exatamente quando, pelo que o senhor disse, estava avisando a alguém que havia perigo. Que pode significar isso a não ser que tinha nos avistado subitamente na rua pela janela, ou compreendido de alguma maneira que o perigo estava próximo e que tinha de agir imediatamente para evitá-lo? Que sugere, Mr. Holmes?"

"Que subamos e vejamos por nós mesmos."

"Mas não temos nenhum mandado para prendê-lo."

"Ele está num imóvel desocupado em circunstâncias suspeitas", disse Gregson. "Por enquanto isso basta. Quando lhe tivermos posto algemas conseguiremos ver se Nova York não pode nos ajudar a mantê-lo preso. Assumo a responsabilidade por sua detenção agora."

Nossos detetives oficiais podem não ser lá muito inteligentes, mas não lhes falta coragem. Gregson subiu a escada para prender esse assassino desesperado com a mesma absoluta calma e compostura com que subiria a escada oficial da Scotland Yard. O homem da Pinkerton tentou passar à sua frente, mas Gregson o fez recuar com uma firme cotovelada. Os perigos de Londres eram privilégio da polícia de Londres.

A porta do apartamento da esquerda no terceiro piso estava entreaberta. Gregson a escancarou. Dentro reinavam escuridão e silêncio absolutos. Risquei um fósforo e acendi a lanterna do detetive. Assim que a luz bruxuleante se firmou numa chama, todos emitimos um grito sufocado de surpresa. Nas tábuas de pinho do assoalho sem tapete, estava delineado um rastro fresco de sangue. As pegadas vermelhas partiam da nossa direção e conduziam para um outro cômodo, cuja porta estava fechada. Gregson abriu-a de chofre e segurou a lanterna à sua frente, enquanto espiávamos ansiosamente por cima de seus ombros.

No meio do assoalho do quarto vazio via-se a figura desconjuntada de um homem enorme, o rosto moreno e escanhoado grotescamente contorcido, a cabeça envolta por um horrível halo rubro de sangue, num grande círculo úmido na madeira branca. Tinha os joelhos encolhidos, as mãos estendidas em agonia, e do centro de seu pescoço grosso, moreno, virado para cima, projetava-se a metade branca de uma faca cuja lâmina inteira fora enfiada em seu corpo. Gigantesco como era, o homem devia ter desabado àquele terrível golpe como um boi ao receber uma cutilada. Junto de sua mão direita, no chão, via-se uma enorme adaga de cabo de osso, de dois gumes, e perto dela uma luva preta de pelica.

"Meu Deus! É ele mesmo, Black Gorgiano!" exclamou o detetive americano. "Alguém chegou antes de nós desta vez."

"Aqui está a vela na janela, Mr. Holmes", disse Gregson. "Mas que está fazendo?"

"'Meu Deus! É ele mesmo, Black Gorgiano!' exclamou o detetive americano."
[H.M. Brock, R.I., *Strand Magazine*, 1911]

Holmes atravessara o quarto, acendera a vela e a passava de um lado para outro junto às vidraças da janela. Depois perscrutou a escuridão, apagou a vela e jogou-a no chão.

"Tenho impressão de que isso ajudará", disse. Voltou e mergulhou em pensamentos enquanto os dois profissionais examinavam o corpo. "Você disse que três pessoas saíram do prédio enquanto esperavam lá embaixo", disse por fim. "Observou-as atentamente?"

"Sim, observei."

"Uma delas era um sujeito de uns trinta anos, de barba preta, moreno e de estatura mediana?"

"Sim; foi o último a passar por mim."

"Esse é o nosso homem, imagino. Posso lhes dar a descrição dele e temos um excelente contorno de sua pegada. Isso deverá bastar para vocês."

"Não é grande coisa, Mr. Holmes, entre os milhões de Londres."

"Talvez não. Foi por isso que me pareceu melhor chamar essa senhora em sua ajuda."

A essas palavras, todos nos viramos. Lá, emoldurada pelo vão da porta, estava uma mulher alta e bonita – a inquilina misteriosa de Bloomsbury. Ela avançou lentamente, uma extrema apreensão no rosto abatido, os olhos arregalados, o olhar terrificado preso na figura escura no assoalho.

"Vocês o mataram!" murmurou. "Oh, *Dio mio*, vocês o mataram!" Mas de repente eu a ouvi inspirar com força e saltar no ar com um grito de alegria. Deu voltas e mais voltas pelo quarto dançando, batendo palmas, os olhos escuros brilhando com maravilhado espanto, enquanto uma torrente de lindas excla-

"Ela avançou lentamente, uma extrema apreensão no rosto abatido."
[H.M. Brock, R.I., *Strand Magazine*, 1911]

mações italianas derramava-se dos seus lábios. Era terrível e assombroso ver uma mulher tão arrebatada de alegria diante de uma visão como aquela. De repente ela parou e nos lançou um olhar indagativo.

"Mas os senhores! São da polícia, não são? Os senhores mataram Giuseppe Gorgiano, não foi?"

"Somos da polícia, madame."

Ela percorreu com o olhar os cantos escuros da sala.

"Mas nesse caso, onde está Gennaro?" perguntou. "Ele é meu marido, Gennaro Lucca. Sou Emilia Lucca e somos ambos de Nova York. Onde está Gennaro? Ele acaba de me chamar dessa janela, vim o mais depressa que pude."

"Fui eu que chamei", disse Holmes.

"O senhor! Como pôde chamar?"

"Seu código não era difícil, madame. Sua presença aqui era desejável. Eu sabia que bastaria sinalizar '*Vieni*' e a senhora certamente viria."

A bela italiana olhou estupefata para meu companheiro.

"Não entendo como sabe dessas coisas", disse. "Giuseppe Gorgiano... como ele..." Fez uma pausa e depois, de repente, seu rosto iluminou-se de orgulho e prazer. "Agora entendo! Meu Gennaro! Meu esplêndido, meu belo Gennaro, que me protegeu de todo o mal – foi ele que fez isso, matou o monstro com suas mãos fortes. Oh, Gennaro, como você é maravilhoso! Que mulher poderia jamais ser digna de um homem como esse?"

"Bem, Mrs. Lucca", disse o prosaico Gregson, pondo a mão sobre a manga da dama com tão pouco sentimento quanto se ela fosse um arruaceiro de Notting Hill, "ainda não sei muito bem quem ou o que a senhora é; mas disse o suficiente para deixar muito claro que vamos querê-la na Scotland Yard."

"Um momento, Gregson", atalhou Holmes. "Suponho que esta senhora talvez esteja tão ansiosa por nos dar informações quanto estamos por obtê-las. A senhora compreende, madame, que seu marido será detido e julgado pela morte deste homem estendido diante de nós? O que disser poderá ser usado como prova. Mas se pensa que ele agiu por motivos não criminosos e gostaria que fossem conhecidos, não pode fazer nada melhor que nos contar toda a história."

"Agora que Gorgiano está morto, não tememos nada", disse a dama. "Ele era um demônio, um monstro, e nenhum juiz neste mundo puniria meu marido por tê-lo matado."

"Nesse caso", disse Holmes, "minha sugestão é que tranquemos esta porta, deixemos as coisas como as encontramos, acompanhemos esta senhora até o quarto dela e formemos nossa opinião depois de ouvir o que ela tem a nos dizer."

Meia hora depois estávamos sentados, os quatro, na pequena sala de estar da Signora Lucca, ouvindo sua extraordinária narrativa daqueles eventos sinistros, cujo desfecho por acaso testemunháramos. Ela falava num inglês rápido e fluente, mas muito pouco convencional, que, para efeito de clareza, vou corrigir.

"Nasci em Posilippo, perto de Nápoles", disse ela, "e sou filha de Augusto Barelli, o principal advogado e outrora deputado daquela região. Gennaro foi empregado de meu pai, e me apaixonei por ele como faria qualquer mulher. Como ele não tinha dinheiro nem posição – nada senão sua beleza, sua força e energia –, meu pai proibiu o casamento. Fugimos juntos, casamo-nos em Bari e eu vendi minhas joias para obter o dinheiro que nos levaria para os Estados Unidos. Isso foi há quatro anos e moramos em Nova York desde então.

"De início a sorte nos sorriu. Gennaro teve oportunidade de socorrer um cavalheiro italiano – salvou-o de uns bandidos num lugar chamado Bowery, e assim fez um amigo poderoso. Ele se chama Tito Castalotte e é o sócio majoritário da grande firma Castalotte and Zamba, os maiores importadores de frutas de Nova York. O Signor Zamba é um inválido, e nosso novo amigo Castalotte tem todo o poder na firma, que emprega mais de trezentos homens. Ele deu um emprego ao meu marido, tornou-o chefe de departamento e demonstrou sua boa vontade para com ele de todas as maneiras. O Signor Castalotte é solteiro, e acredito que gosta de meu marido como de um filho, e tanto meu marido quanto eu gostamos dele como se fosse nosso pai. Havíamos alugado e mobiliado uma casinha no Brooklin, e todo o nosso futuro parecia assegurado, quando apareceu aquela nuvem escura que logo encobriria todo o nosso céu.

"Uma noite, Gennaro voltou do trabalho trazendo um compatriota consigo. Chamava-se Gorgiano e também vinha de Posilippo. Era um homem imenso, como os senhores podem atestar, pois viram seu cadáver. Não tinha só o corpo de um gigante; tudo nele era grotesco, gigantesco, aterrador. Sua voz era como um trovão em nossa casinha. Mal havia espaço para o rodopio de seus braços enormes quando falava. Seus pensamentos, suas emoções, suas paixões, tudo era exagerado e monstruoso. Ele falava, ou melhor, rugia, com tal energia que os outros podiam apenas sentar e ouvir, intimidados com a pujante torrente de palavras. Seus olhos fulminavam a gente e nos mantinham à sua mercê. Era um homem terrível e assombroso. Dou graças a Deus por ele estar morto!

"Ele voltou muitas vezes. Eu sabia, porém, que Gennaro não estava mais feliz que eu com a presença dele. Meu pobre marido ficava ali, pálido e desatento, ouvindo o interminável e desvairado falatório sobre política e questões sociais que compunha a conversa de nosso visitante. Gennaro não dizia nada, mas eu o conhecia tão bem que podia ler em seu semblante uma emoção que nunca vira ali antes. De início pensei que era aversão. Depois, pouco a pouco, compreendi que era mais que aversão. Era medo – um medo profundo, secreto, acanhado. Naquela noite – a noite em que percebi seu terror –, abracei-o e implorei, pelo amor que me tinha e por tudo que lhe era caro, que não escondesse nada de mim, que me contasse por que aquele homem imenso o acabrunhava tanto.

"Ele me contou, e à medida que eu ouvia meu coração ficou frio como gelo. Meu pobre Gennaro, em seus dias de rebeldia e desespero, quando o mundo inteiro parecia contra ele e as injustiças da vida o deixavam quase enlouquecido, filiara-se a uma sociedade napolitana, o Círculo Vermelho, vinculada aos antigos *carbonari*. Os juramentos e segredos dessa confraria eram terríveis; mas para quem ficava sob seu domínio não havia saída possível. Quando fugimos para os Estados Unidos, Gennaro pensou que se livrara daquilo tudo para sempre. Qual não foi seu horror quando, uma noite, encontrou na rua o próprio homem que o havia iniciado em Nápoles, o gigante Gorgiano, um homem que ganhara o apelido de "Morte" no sul da Itália porque estava mergulhado até o pescoço em assassinatos! Ele viera para Nova York a fim de escapar da polícia italiana e já havia instalado uma ramificação de sua horrível sociedade na nova pátria. Gennaro contou-me tudo isso e mostrou-me uma carta que recebera naquele dia mesmo, com o desenho de um círculo vermelho no cabeçalho, comunicando-lhe que uma sessão seria realizada em certa data e sua presença era solicitada e exigida.

"Isso era bastante ruim, mas o pior estava por vir. Eu vinha notando havia algum tempo que quando Gorgiano nos visitava, como fazia constantemente, à noite, conversava muito comigo; mesmo quando falava com meu marido, aqueles seus olhos terríveis, penetrantes e ferozes estavam sempre voltados para mim. Uma noite ele revelou seu segredo. Eu havia despertado o que ele chamava de 'amor' em seu coração – o amor de um selvagem, um bruto. Gennaro ainda não chegara. Ele avançou sobre mim, agarrou-me com seus braços fortes, enlaçou-me num abraço de urso, cobriu-me de beijos e implorou que eu fosse embora com ele. Eu lutava e esbravejava quando Gennaro entrou e investiu contra ele. Ele deixou Gennaro sem sentidos com um soco e fugiu da casa, onde nunca voltaria a entrar. Foi um inimigo mortal que fizemos essa noite.

"Alguns dias depois a reunião se realizou. A expressão com que Gennaro voltou me revelou que algo de horrível acontecera. Era pior do que eu poderia ter imaginado. A sociedade levantava fundos chantageando italianos ricos e ameaçando-os de violência caso se recusassem a entregar o dinheiro. Parecia que Castalotte, nosso amigo e benfeitor, fora abordado. Ele se recusara a ceder às ameaças e entregara os avisos à polícia. Fora decidido agora que ele receberia um tratamento tão exemplar que dissuadiria qualquer outra vítima da ideia de se rebelar. Foi combinado na reunião que ele e sua casa seriam explodidos com dinamite. Fez-se um sorteio para escolher quem executaria a ação. Gennaro viu o rosto cruel de nosso inimigo lhe sorrir quando enfiou a mão na sacola. Sem dúvida a coisa havia sido previamente arranjada, porque foi o disco fatal, com o desenho do círculo vermelho, que viu em sua palma. Ele deveria matar seu melhor amigo, ou exporia a si mesmo e a mim à vingança dos camaradas. Era parte do sistema demoníaco deles punir as pessoas que temiam ou odiavam atingindo não só elas mesmas como seus entes queridos. Era saber disso que estava aterrorizando meu pobre Gennaro e o deixando quase enlouquecido de apreensão.

"Passamos essa noite toda acordados, abraçados, um dando força ao outro frente aos infortúnios que nos aguardavam. O atentado fora marcado já para a noite seguinte. Por volta do meio-dia eu e meu marido estávamos a caminho de Londres, mas antes, além de avisar nosso benfeitor do perigo que corria, Gennaro fizera chegar à polícia informações que protegeriam a vida dele no futuro.

"O resto, cavalheiros, os senhores já sabem. Tínhamos certeza de que nossos inimigos estariam atrás de nós como nossas sombras. Gorgiano tinha suas razões pessoais para se vingar de nós, mas de todo modo sabíamos como podia ser impiedoso, astuto e incansável. Tanto a Itália como os Estados Unidos estão cheios de histórias de seus pavorosos poderes. Se ele fosse exercê-los algum dia, seria agora. Como tínhamos alguns dias de vantagem a nosso favor, meu querido os usou para arranjar um refúgio para mim, de tal maneira que nenhum perigo pudesse me atingir. De sua parte, ele queria ficar livre para se comunicar com a polícia, tanto a americana quanto a italiana. Eu mesma não sei onde ele estava morando, ou como. Tudo que fiquei sabendo foi através das colunas de um jornal. Uma vez, porém, ao olhar pela minha janela, vi dois italianos vigiando a casa e compreendi que de alguma maneira Gorgiano descobrira nosso refúgio. Finalmente Gennaro me comunicou pelo jornal que me faria sinais de certa janela. Quando esses sinais vieram, porém, eram apenas advertências, que foram bruscamente interrompidas. Está muito claro para mim agora que ele sabia que Gorgiano encontrava-se muito perto dele, e que – graças a Deus! – ele estava pronto para enfrentá-lo quando viesse. Agora, cavalheiros, eu lhes pergunto: temos alguma coisa a temer da parte da Justiça? Algum juiz nesta terra condenaria meu Gennaro pelo que fez?"

"Bem, Mr. Gregson", disse o americano, olhando para o policial. "Não sei qual pode ser seu ponto de vista britânico, mas tenho a impressão de que em Nova York o marido desta senhora vai receber um voto geral de agradecimento."

"Ela terá de ir comigo e ver o chefe", respondeu Gregson. "Se o que diz for corroborado, não me parece que ela ou o marido tenham muito a temer. Mas o que eu absolutamente não consigo entender, Mr. Holmes, é como diabos *o senhor* se viu metido nessa história."

"Educação, Gregson, educação. Estou sempre em busca de conhecimento na velha universidade. Bem, Watson, você tem mais um espécime do trágico e do grotesco para acrescentar à sua coleção. A propósito, ainda não são oito horas e há uma noite de Wagner no Covent Garden! Se nos apressarmos, conseguiremos chegar a tempo para o segundo ato."

Os Planos do *Bruce-Partington*

Na terceira semana de novembro, no ano 1895, um nevoeiro denso e amarelo baixou sobre Londres. De segunda a quinta-feira, acredito que, de nossas janelas de Baker Street, não foi possível sequer distinguir o vulto dos prédios da frente. Holmes havia passado o primeiro dia indexando seu enorme livro de referências. Ocupara pacientemente o segundo e o terceiro com um assunto que recentemente transformara num *hobby* – música medieval. Mas quando, pela quarta vez, depois de afastar nossas cadeiras ao fim do desjejum, vimos que o redemoinho gordurento e pardo ainda fluía diante de nós e se condensava em gotas oleosas nas vidraças, a natureza impaciente e ativa do meu companheiro não pôde mais suportar aquela existência monótona. Pôs-se a andar impacientemente por nossa sala de estar, numa febre de energia contida, roendo as unhas e dando batidinhas nos móveis, irritado com a inação.

"Nada de interesse no jornal, Watson?" perguntou.

Eu sabia que por alguma coisa de interesse Holmes queria dizer alguma coisa de interesse criminal. Havia notícias de uma revolução, de uma possível guerra e de uma iminente mudança de governo, mas essas coisas não figuravam no horizonte de meu companheiro. Em matéria de crime, eu não via nada registrado que não fosse trivial e sem importância. Holmes lastimou-se e recomeçou seus impacientes zigue-zagues.

"O criminoso londrino é certamente um sujeito idiota", disse, na voz queixosa do esportista que perdeu o jogo. "Olhe por essa janela, Watson. Veja como os vultos assomam, tornam-se vagamente visíveis e desaparecem de novo na bruma. O ladrão ou assassino poderia vagar por Londres num dia como este como o tigre na selva, invisível até atacar, e nesse momento só sua vítima o distinguiria."

"Tem havido muitos pequenos furtos", disse eu.

Holmes deu uma risadinha de desdém.

"Este palco grandioso e sombrio está armado para algo mais importante", contestou. "É uma sorte para esta comunidade que eu não seja um criminoso."

"Sem dúvida!" exclamei com convicção.

"Suponha que eu fosse Brooks ou Woodhouse, ou qualquer dos cinquenta homens que têm bons motivos para me tirar a vida – por quanto tempo eu conseguiria escapar à minha própria perseguição? Um chamado, um encontro fictício, e tudo estaria terminado. Ainda bem que eles não têm dias de nevoeiro nos países latinos – os países do assassinato. Viva! Finalmente chega alguma coisa para quebrar esta mortal monotonia."

Era a criada com um telegrama. Holmes abriu-o e caiu na risada.

"Ora, ora! Não acredito!" exclamou. "Meu irmão Mycroft está vindo para cá."

"Por que não?" perguntei.

"Por que não? É como se você encontrasse um bonde circulando por uma estradinha rural. Mycroft tem seus trilhos e só se move neles. Seu apartamento em Pall Mall, o Diogenes Club, Whitehall – esse é o ciclo dele. Esteve aqui uma vez, e apenas uma. Que sublevação o teria descarrilado?"

"Ele não explica?"

Holmes entregou-me o telegrama do irmão.

> Preciso vê-lo a respeito de Cadogan West. Vou imediatamente.
>
> MYCROFT

"Cadogan West? Já ouvi esse nome."

"A mim ele não lembra nada. Mas que Mycroft apareça dessa maneira errática! É como se um planeta saísse de órbita. A propósito, sabe o que Mycroft é?"

Eu tinha uma vaga lembrança de uma explicação, no tempo da aventura do intérprete grego.

"Você me disse que ele tinha um pequeno cargo no governo britânico."

Holmes deu uma risadinha.

"Eu não conhecia você muito bem naquela época. É preciso ser discreto quando se fala sobre assuntos de Estado importantes. Você tem razão ao pensar que ele trabalha para o governo britânico. Mas também teria razão de certo modo se dissesse que, ocasionalmente, ele *é* o governo britânico."

"Meu caro Holmes!"

"Imaginei que poderia surpreendê-lo. Mycroft ganha quatrocentas e cinquenta libras por ano, continua sendo um subordinado, não tem nenhum tipo de ambição, não receberá honrarias nem títulos, mas ainda assim é o homem mais indispensável no país."

"Mas como?"

"Bem, a posição dele é singular. Ele a fez para si. Nunca houve nada parecido antes, nem haverá no futuro. Homem algum tem um cérebro mais metódico e disciplinado, com maior capacidade de armazenar fatos. Os mesmos grandes poderes que dediquei à detecção do crime, ele usou para essa ocupação particular. As conclusões de cada ministério lhe são transmitidas, e ele é a central de câmbio, a carteira de compensação que faz o balanço. Todos os outros homens são especialistas, mas a especialidade dele é a onisciência. Suponhamos que um ministro precise de informação quanto a um ponto que envolva a Marinha, a Índia, o Canadá e a questão bimetálica; poderia obter diferentes informações de vários ministérios sobre cada fator, mas somente Mycroft é capaz de focalizar todos eles e dizer de imediato como cada um afetaria o outro. Eles começaram usando-o como um atalho, uma conveniência; agora ele se tornou essencial. Naquele seu grande cérebro, tudo tem seu compartimento e é instantaneamente acessível. Muitas vezes sua palavra decidiu a política nacional. Ele vive para isso. Não pensa em mais nada, exceto quando, como exercício intelectual, relaxa se recorro a ele e lhe peço conselho sobre um de meus probleminhas. Mas hoje Júpiter está descendo à terra. Que diabos isso pode significar? Quem é Cadogan West, e que representa para Mycroft?"

"Eu sei", exclamei, e mergulhei entre os jornais amontoados no sofá. "Sim, sim, cá está ele, com certeza! Cadogan West foi o rapaz encontrado morto no metrô terça-feira de manhã."

Holmes imobilizou-se, atento, o cachimbo a meio caminho da boca.

"Isso deve ser sério, Watson. Se fez meu irmão alterar seus hábitos, essa não pode ser uma morte comum. Que diabos pode ele ter a ver com ela? O caso, pelo que me lembro, não tinha nada de especial. Ao que parecia, o rapaz caíra do trem e morrera. Não havia sido roubado e não havia nenhum motivo particular para se suspeitar de violência. Não foi isso?"

"Houve um inquérito", disse eu, "e muitos novos fatos vieram à luz. A um exame mais atento, eu diria certamente que foi um caso curioso."

"A julgar pelo seu efeito sobre meu irmão, eu pensaria que é um caso dos mais extraordinários." Aninhou-se em sua poltrona. "Agora, Watson, vamos aos fatos."

"O nome do homem era Arthur Cadogan West. Tinha vinte e sete anos, era solteiro e escriturário no Arsenal de Woolwich."

"Funcionário público. Veja o vínculo com meu irmão Mycroft!"

"Ele saiu do Woolwich subitamente na segunda-feira à noite. Foi visto pela última vez pela noiva, Miss Violet Westbury, a quem deixou de maneira abrupta no meio do nevoeiro por volta das 7h30 daquela noite. Não houve briga entre eles e ela não pôde atinar com o motivo do gesto do rapaz. Só se teve notícia dele quando seu cadáver foi descoberto por um assentador de trilhos chamado Mason, logo na saída da estação de Aldgate, no sistema do metrô de Londres."

"Quando?"

"O corpo foi encontrado às seis horas da manhã de terça-feira. Estava esticado longe dos trilhos, do lado esquerdo de quem vai para leste, num ponto próximo da estação, onde a linha sai do túnel em que corre. A cabeça havia sido toda esmagada – um ferimento que poderia ter sido causado pela queda do trem. O corpo só teria podido ir parar na linha dessa maneira; se tivesse sido trazido de alguma rua próxima, teria de ter passado pelas cancelas da estação, onde há sempre um bilheteiro. Este ponto parece absolutamente certo."

"Ótimo. O caso está bastante explícito. O homem, morto ou vivo, caiu de um trem ou foi jogado dele. Até aí está tudo claro para mim. Continue."

"Os trens que passam pelos trilhos junto dos quais o corpo foi encontrado são os que vão de oeste para leste, alguns sendo unicamente metropolitanos e alguns provenientes de Willesden e entroncamentos distantes. Pode-se dizer com certeza que esse jovem, quando encontrou a morte, viajava nessa direção numa hora tardia da noite, mas é impossível saber em que ponto entrou no trem."

"Seu bilhete, é claro, diria isso."

"Não havia bilhete em seus bolsos."

"Sem bilhete! Meu Deus, Watson, isso é realmente muito singular. Segundo minha experiência, não é possível chegar à plataforma de um trem metropolitano sem exibir um bilhete. Presumivelmente, portanto, o rapaz tinha um. Teria sido tomado dele para ocultar a estação de onde vinha? É possível. Ou ele o teria deixado cair no vagão? Isso também é possível. Mas o ponto é de curioso interesse. Pelo que entendi não havia sinais de roubo, não é?"

"Aparentemente, não. Há aqui uma lista de seus pertences. Sua carteira continha duas libras e quinze xelins. Ele tinha também um talão de cheques da agência de Woolwich do Capital and Counties Bank. Sua identidade foi estabelecida através disso. Havia também duas entradas para o balcão inferior do Teatro Woolwich, para aquela mesma noite. Além disso, um pacotinho de papéis técnicos."

Holmes soltou uma exclamação satisfeita.

"Finalmente chegamos ao ponto, Watson! Governo britânico – Arsenal de Woolwich – documentos técnicos – irmão Mycroft, a cadeia está completa. Mas ele está chegando, se não me engano, para falar por si mesmo."

Um instante depois a figura alta e corpulenta de Mycroft Holmes foi introduzida na sala. De constituição grande e compacta, havia uma sugestão de desajeitada inércia física na sua figura, mas acima dessa estrutura pesadona empoleirava-se uma cabeça de fronte tão autoritária, olhos fundos e cor de aço tão alertas, lábios tão firmes e um jogo fisionômico tão sutil que após a primeira olhadela esquecia-se o corpo grandalhão para se lembrar apenas da mente dominante.

Nos seus calcanhares entrou nosso velho amigo Lestrade, da Scotland Yard – magro e austero. A gravidade do semblante de ambos pressagiava uma missão importante. O de-

"A figura alta e corpulenta de Mycroft Holmes foi introduzida na sala." [Arthur Twidle, *Strand Magazine*, 1908]

tetive apertou-nos as mãos sem uma palavra. Mycroft Holmes desvencilhou-se do sobretudo e deixou-se cair numa poltrona.

"Um negócio dos mais maçantes, Sherlock", disse ele. "Tenho extrema aversão a alterar meus hábitos, mas os que detêm o poder não aceitariam recusa. Na presente situação do Sião, é muito inconveniente que eu me afaste da repartição. Mas esta é uma crise real. Nunca vi o primeiro-ministro tão perturbado. Quanto ao Almirantado – está no maior alvoroço. Leu sobre o caso?"

"Acabo de fazê-lo. Que papéis técnicos são aqueles?"

"Ah, esse é o ponto! Felizmente isso ainda não veio a público. A imprensa ficaria em polvorosa se viesse. Os papéis que esse pobre rapaz tinha no bolso eram os planos para o submarino *Bruce-Partington*."

Mycroft Holmes falava com uma solenidade que mostrava a importância que atribuía ao assunto. Seu irmão e eu ouvíamos com impaciência.

"Certamente você ouviu falar dele, não? Eu pensava que todos tinham ouvido falar dele."

"Só como um nome."

"Nunca lhe atribuiremos suficiente importância. Tem sido o mais zelosamente guardado de todos os segredos de Estado. Creia-me, a guerra naval torna-se impossível dentro do raio de ação de um *Bruce-Partington*. Dois anos atrás uma soma muito grande, subtraída clandestinamente através do Projeto Orçamentário, foi gasta na compra do monopólio sobre a invenção. Fizeram-se todos os esforços para manter o sigilo. Os planos, que são extremamente intricados, compreendendo cerca de trinta diferentes patentes, todas essenciais para o funcionamento do conjunto, são mantidos num cofre especial numa sala sigilosa anexa ao Arsenal, com portas e janelas à prova de arrombadores. Os planos não deviam ser retirados da sala sob nenhuma circunstância concebível. Até o construtor-chefe da Marinha, se desejasse consultá-los, era obrigado a ir à sala de Woolwich para isso. E apesar de tudo isso, nós os encontramos agora nos bolsos de um funcionário subalterno no coração de Londres. Do ponto de vista oficial, é simplesmente horrível."

"Mas vocês os recuperaram?"

"Não, Sherlock, não! Esse é o busílis. Não os recuperamos. Dez documentos foram tirados de Woolwich. Sete deles estavam nos bolsos de Cadogan West. Os três mais essenciais desapareceram – foram roubados, sumiram. Você deve abandonar tudo o mais, Sherlock. Esqueça seus enigmazinhos policiais de costume. É um problema internacional vital que você tem de resolver. Por que Cadogan West pegou os papéis, onde estão os que desapareceram, como ele morreu, como seu corpo foi parar onde foi encontrado, como o dano pode ser corrigido? Encontre uma resposta para todas estas perguntas, e terá prestado um bom serviço ao seu país."

"Por que você mesmo não resolve isso, Mycroft? É tão capaz quanto eu."

"Possivelmente, Sherlock. Mas trata-se de obter detalhes. Dê-me seus detalhes, e de uma poltrona eu lhe devolverei uma excelente opinião de especialista. Mas correr para cá e para lá, interrogar guardas ferroviários e me deitar de bruços com uma lente no olho – esse não é o meu *métier*. Não, você é o único homem capaz de elucidar o problema. Se tem algum desejo de ver seu nome na próxima lista de honrarias..."

Meu amigo sorriu e meneou a cabeça.

"Jogo por amor ao jogo", disse. "Mas o problema certamente apresenta alguns pontos de interesse e terei prazer em investigá-lo. Mais fatos, por favor."

"Anotei os mais essenciais nesta folha de papel, junto com alguns endereços que lhe serão úteis. O verdadeiro guardião oficial dos documentos é o famoso especialista do governo

Sir James Walter, cujas condecorações e títulos enchem duas linhas de um livro de referências. Ele envelheceu no serviço público, é um cavalheiro, um convidado estimado nas casas mais nobres e, acima de tudo, um homem cujo patriotismo está acima de qualquer suspeita. É um dos dois que têm a chave do cofre. Posso acrescentar que os papéis estavam sem dúvida alguma na sala durante o horário do expediente na segunda-feira, e que Sir James partiu para Londres por volta das três horas levando a chave consigo. Na noite em que esse incidente ocorreu, ele ficou até tarde na casa do almirante Sinclair em Barclay Square."

"O fato foi verificado?"

"Foi; seu irmão, o coronel Valentine Walter, atestou sua partida de Woolwich, e o almirante Sinclair confirmou sua chegada a Londres; Sir James deixou de ser, portanto, um fator direto no problema."

"Quem era o outro homem que tinha uma chave?"

"O escriturário-chefe e desenhista, Mr. Sidney Johnson. É um homem de quarenta anos, casado, com cinco filhos. É um sujeito silencioso, mal-humorado, mas, de um modo geral, tem um excelente histórico no serviço público. Não é querido pelos colegas mas é trabalhador. De acordo com seu próprio relato, corroborado apenas pelas palavras de sua mulher, depois de sair da repartição passou toda a noite da segunda-feira em casa e sua chave nunca saiu da corrente de relógio em que está pendurada."

"Fale-nos sobre Cadogan West."

"Está no serviço público há dez anos e tem feito um bom trabalho. Tem fama de ser irascível e impetuoso, mas era um homem correto, honesto. Não temos nada contra ele. Era auxiliar de Sidney Johnson na repartição. Suas funções o punham em contato pessoal diário com os planos. Ninguém mais tinha o direito de tocá-los."

"Quem trancou os planos naquela noite?"

"Mr. Sidney Johnson, o escriturário-chefe."

"Bem, está perfeitamente claro quem os retirou. Foram de fato encontrados na posse desse funcionário subalterno, Cadogan West. Isso parece decisivo, não é?"

"É, Sherlock; mas deixa muita coisa sem explicação. Em primeiro lugar, por que ele os levou?"

"Presumo que eram de valor, não?"

"Teria podido obter milhares de libras por eles muito facilmente."

"Pode sugerir algum outro objetivo que o teria movido a levar os papéis para Londres, exceto vendê-los?"

"Não, não posso."

"Neste caso, devemos tomar isto como nossa hipótese de trabalho. O jovem West pegou os papéis. Mas só era possível fazer isso tendo a chave."

"Várias chaves falsas. Teria de abrir o prédio e a sala."

"Então ele tinha várias chaves falsas. Levou os papéis para Londres para vender o segredo, certamente pretendendo guardar os próprios planos de volta no cofre na manhã seguinte, antes que se desse por falta deles. Enquanto estava em Londres nessa missão traiçoeira, encontrou seu fim."

"Como?"

"Vamos supor que viajava de volta para Woolwich quando foi morto e jogado fora do compartimento."

"Aldgate, onde o corpo de Cadogan West foi encontrado, fica muito além da estação de London Bridge, onde faria a baldeação para Woolwich."

"É possível imaginar muitas circunstâncias que o teriam levado a passar de London Bridge. Havia alguém no vagão, por exemplo, com quem estava tendo uma conversa absorvente. Essa conversa levou a uma cena violenta em que ele perdeu a vida. Possivelmente tentou sair do vagão, caiu na linha e assim faleceu. O outro fechou a porta. Havia um nevoeiro espesso e nada pôde ser visto."

"Com o que sabemos até agora, não é possível dar nenhuma explicação melhor; mas considere, Sherlock, quanta coisa você está desconsiderando. Vamos supor, para efeito de raciocínio, que o jovem Cadogan West *havia* decidido levar esses papéis para Londres. Naturalmente teria marcado um encontro com o agente estrangeiro e mantido sua noite livre. Mas o que ele fez de fato foi comprar duas entradas para o teatro e escoltar sua noiva até metade do caminho para lá, só então desapareceu de repente."

"Um disfarce", disse Lestrade, que estivera ouvindo a conversa com alguma impaciência.

"Um disfarce muito singular. Esta é a objeção nº 1. Objeção nº 2: vamos supor que ele chega a Londres e se encontra com o agente estrangeiro. Tem de levar os papéis de volta antes que amanheça, ou sua falta será descoberta. Retirara dez deles. Só sete estavam no seu bolso. Que fora feito dos outros três? Ele certamente não os teria largado por livre e espontânea vontade. Além disso, qual é o preço de sua traição? Teríamos esperado encontrar uma grande soma de dinheiro em seu bolso."

"Para mim isso parece perfeitamente claro", disse Lestrade. "Não tenho dúvida em relação ao que aconteceu. Ele pegou os papéis para vendê-los. Esteve com o agente. Não chegaram a um acordo quanto ao preço. Ele voltou para casa, mas o agente foi com ele. No trem, o agente assassinou-o, pegou os papéis mais essenciais e jogou seu corpo para fora do vagão. Isto explicaria tudo, não é?"

"Por que ele não tinha bilhete?"

"O bilhete teria mostrado qual era a estação mais próxima da casa do agente. Por isso ele o tirou do bolso do homem assassinado."

"Bom, Lestrade, muito bom", disse Holmes. "Sua teoria faz sentido. Mas se isso for verdade, o caso está encerrado. Por um lado o traidor está morto. Por outro, os planos do submarino *Bruce-Partington* presumivelmente já estão no Continente. Que resta para fazermos?"

"Agir, Sherlock – agir!" exclamou Mycroft, levantando-se de um salto. "Todos os meus instintos estão contra essa explicação. Use seus poderes! Vá ao cenário do crime! Fale com as pessoas envolvidas! Não deixe pedra sobre pedra! Em toda a sua carreira você nunca teve uma oportunidade tão grande de servir ao seu país."

"Bem, bem!" disse Holmes, sacudindo os ombros. "Vamos, Watson! E você, Lestrade, poderia por favor nos fazer companhia por uma ou duas horas? Começaremos nossa investigação com uma visita à estação de Aldgate. Até logo, Mycroft. Eu lhe encaminharei um relatório antes da noite, mas quero adverti-lo de antemão que não deve esperar grande coisa."

Uma hora mais tarde, Holmes, Lestrade e eu estávamos junto aos trilhos do metrô no ponto em que saem do túnel imediatamente antes da estação de Aldgate. Um idoso e cortês cavalheiro, de cara vermelha, representava a companhia ferroviária.

"Era aqui que estava o corpo do rapaz", disse ele, indicando um ponto a cerca de noventa centímetros dos trilhos. Não poderia ter caído de cima, pois estas, como veem, são todas paredes cegas. Portanto, só pode ter caído de um trem, e esse trem, até onde podemos investigar, deve ter passado por volta da meia-noite na segunda-feira."

"Examinaram os vagões à procura de algum sinal de violência?"

"Não há sinais desse tipo e nenhum bilhete foi encontrado."

"Não há registro de que uma porta tenha sido encontrada aberta?"

"Nenhum."

"Obtivemos alguns indícios novos esta manhã", disse Lestrade. "Um passageiro que passou por Aldgate num trem comum do metrô segunda-feira por volta das 11h40 da noite declara que ouviu um baque pesado, de um corpo batendo na linha, pouco antes que o trem chegasse à estação. Mas havia um nevoeiro denso e não foi possível ver nada. Ele não relatou nada na ocasião. Ora, qual é o problema, Mr. Holmes?"

Meu amigo estava parado, com uma expressão de intensa concentração no rosto, olhando os trilhos no ponto em que se curvavam na saída do túnel. Aldgate é um entroncamento, e havia ali uma rede de agulhas. Seus olhos ávidos e indagativos estavam presos nela, e vi no seu semblante atento e alerta aquele apertar dos lábios, aquele tremor das narinas e a concentração das sobrancelhas espessas que eu conhecia tão bem.

"Meu amigo estava parado, com uma expressão de intensa concentração no rosto."
[Arthur Twidle, *Strand Magazine*, 1908]

"Agulhas", murmurou ele; "as agulhas."

"E daí? Que quer dizer?"

"Não deve haver um número muito grande de agulhas num sistema como este, não é?"

"Não; há muito poucas."

"E além disso, uma curva. Agulhas e uma curva. Meu Deus! Se fosse só isso."

"Que é, Mr. Holmes? Tem uma pista?"

"Uma ideia... um indício, mais nada. Mas o caso sem dúvida ganha em interesse. Único, perfeitamente único, mas por que não? Não vejo nenhum sinal de sangue na linha."

"Praticamente não havia."

"Mas pelo que entendi foi um ferimento considerável."

"O osso foi esmagado, mas não houve um grande ferimento externo."

"Apesar disso, teria sido de esperar algum sangramento. Eu poderia examinar o trem que trazia o passageiro que ouviu o ruído de uma queda no nevoeiro?"

"Infelizmente não, Mr. Holmes. Os vagões do trem já foram separados e redistribuídos."

"Posso lhe assegurar, Mr. Holmes", disse Lestrade, "que cada vagão foi cuidadosamente examinado. Eu mesmo cuidei disso."

Uma das fraquezas mais óbvias de meu amigo era sua impaciência com inteligências menos vivas que a sua.

"É muito provável", disse ele, virando-se para outro lado. "Na verdade, não eram os vagões que eu desejava examinar. Watson, já fizemos tudo que podíamos aqui. Não precisamos incomodá-lo mais, Mr. Lestrade. Creio que nossa investigação deverá nos levar agora a Woolwich."

Em London Bridge, Holmes escreveu um telegrama para o irmão, que me mostrou antes de enviar. Dizia:

> Vejo alguma luz na escuridão, mas ela ainda pode falhar. Nesse ínterim, mande por mensageiro a Baker Street, para aguardar meu retorno, uma lista completa de todos os espiões estrangeiros ou agentes internacionais que sabidamente estão em Londres, com endereços completos.
>
> Sherlock

"Isso deverá ser útil, Watson", observou ele quando tomamos nossos assentos no trem para Woolwich. "Temos certamente uma dívida para com o irmão Mycroft por nos ter apresentado ao que promete ser um caso realmente extraordinário."

Sua face ansiosa ainda exibia aquela expressão de intensa e nervosa energia, que me mostrava que alguma circunstância nova e sugestiva havia gerado uma estimulante linha de pensamento. Veja o cão de caça com suas orelhas baixas e a cauda pendente quando à toa nos canis e compare-o com o mesmo cão quando, olhos faiscantes e músculos retesados, persegue um rastro – essa era a mudança operada em Holmes desde a manhã. Ele era um homem diferente daquela figura apática e preguiçosa que, enfiado em seu roupão cor de rato, andava a esmo com tanta impaciência apenas algumas horas antes pela sala envolta em névoa.

"Há material aqui. Há oportunidade", disse ele. "Sou realmente muito obtuso por não ter compreendido suas possibilidades."

"Mesmo agora elas são obscuras para mim."

"O fim é obscuro para mim também, mas tenho uma ideia que pode nos levar longe. O homem morreu em outro lugar e seu corpo estava sobre o *teto* do vagão."

"Sobre o teto?"

"Extraordinário, não é? Mas considere os fatos. Será por coincidência que foi encontrado exatamente num ponto em que o trem se inclina e balança ao passar pelas agulhas? Aquele não é o lugar onde um objeto que estivesse em cima do teto teria probabilidade de cair? As agulhas não afetariam nenhum objeto dentro do trem. Ou o corpo caiu do teto, ou ocorreu uma coincidência muito curiosa. Mas agora considere a questão do sangue. É claro que não teria havido sangramento na linha se o corpo tivesse sangrado em outro lugar. Cada fato é sugestivo por si mesmo. Juntos, têm força cumulativa."

"E o bilhete também!" exclamei.

"Exatamente. Não conseguíamos explicar a ausência de um bilhete. Isso a explicaria. Tudo se encaixa."

"Mas, supondo que foi assim, continuamos tão longe como sempre de desvendar o mistério da morte dele. Na verdade, o caso se torna não mais simples, mas mais estranho."

"Talvez", disse Holmes, pensativo; "talvez." Recaiu num devaneio silencioso, que durou até que o vagaroso trem parou por fim na estação de Woolwich. Ali ele chamou um carro de aluguel e tirou o papel que Mycroft lhe dera do bolso.

"Temos um bom número de visitas a fazer esta tarde", disse. "Penso que Sir James Walter merece nossa atenção em primeiro lugar."

A casa do famoso funcionário era uma bela mansão com gramados verdes que se estendiam até o Tâmisa. Quando chegamos lá o nevoeiro se dissipava e um sol tênue começava a se insinuar. Um mordomo nos abriu a porta.

"Sir James, senhor!" disse ele, com um semblante solene. "Sir James faleceu esta manhã."

"Céus!" exclamou Holmes, estupefato. "Morreu como?"

"Desejaria talvez entrar, senhor, e falar com o irmão dele, coronel Valentine?"

"Sim, seria o melhor."

Fomos levados a uma sala de visitas pouco iluminada, onde um instante depois foi ter conosco um homem de uns cinquenta anos, muito alto, bonito, com uma barba clara, o irmão mais moço do cientista morto. Seu olhar desarvorado, as faces coradas e o cabelo em desalinho falavam todos do súbito golpe que se abatera sobre a família. Mal conseguia ser coerente ao falar sobre isso.

"Foi esse terrível escândalo", disse. "Meu irmão, Sir James, era um homem muito cioso de sua honra e não pôde sobreviver a semelhante acontecimento, que lhe partiu o coração. Era sempre tão orgulhoso da eficiência de seu ministério; esse golpe foi esmagador."

"Tínhamos esperança de que ele pudesse nos dar alguma indicação capaz de nos ajudar a elucidar o assunto."

"Eu lhes asseguro que tudo era tão misterioso para ele como para os senhores e para todos nós. Ele já havia posto todo o seu conhecimento à disposição da polícia. Naturalmente, não tinha dúvida alguma de que Cadogan West era o culpado. Mas todo o resto lhe era inconcebível."

"O senhor não pode lançar nenhuma luz nova sobre o caso?"

"Eu mesmo nada sei, exceto o que li ou ouvi. Não tenho nenhum desejo de ser descortês, mas pode compreender, Mr. Holmes, que estamos muito perturbados no momento, e devo lhe pedir que abrevie esta nossa entrevista."

"Este foi de fato um desdobramento inesperado", disse meu amigo depois que voltamos ao carro. "Gostaria de saber se a morte foi natural, ou se o pobre sujeito se matou! Neste último caso, poderia isto ser tomado como um sinal de autocensura pelo dever negligenciado? Temos de deixar esta pergunta para o futuro. Agora devemos nos voltar para os Cadogan West."

Uma casa pequena mas bem-cuidada nos arredores da cidade abrigava a consternada mãe. A velha senhora estava aturdida demais pelo sofrimento para nos ser de alguma utilidade, mas tinha a seu lado uma jovem pálida que se apresentou como Miss Violet Westbury, a noiva do homem morto e a última pessoa a vê-lo naquela noite fatídica.

"Não posso explicar aquilo, Mr. Holmes", disse ela. "Não preguei o olho desde a tragédia, pensando, pensando, pensando, noite e dia, qual pode ser o verdadeiro sentido. Arthur era o mais determinado, o mais honrado e patriótico dos homens. Teria preferido cortar fora sua mão direita a vender um segredo de Estado confiado à sua guarda. Isso é absurdo, impossível, disparatado para qualquer pessoa que o conhecesse."

"Mas e os fatos, Miss Westbury?"

"Sim, sim; admito que não posso explicá-los."

"Ele estava precisando de dinheiro?"

"Não; suas necessidades eram muito simples e seu salário, generoso. Ele havia economizado algumas centenas de libras e íamos nos casar no Ano-novo."

"Nenhum sinal de nervosismo? Vamos, Miss Westbury, seja absolutamente franca conosco."

Com sua perspicácia, meu companheiro percebera alguma mudança nas maneiras dela. Ela ficou vermelha e hesitou.

"Sim", disse finalmente, "eu sentia que ele tinha alguma coisa em mente."

"Havia muito tempo?"

"Só na última semana, aproximadamente. Ele estava pensativo e preocupado. Uma vez insisti em saber o que era. Ele admitiu que havia alguma coisa, e que estava relacionada a seu trabalho. 'É sério demais para que eu comente, mesmo com você', disse-me. Não consegui saber mais nada."

Holmes ficou sério.

"Continue, Miss Westbury. Mesmo que seja algo que pareça depor contra ele, continue. Não podemos saber aonde isso pode levar."

"Realmente não tenho mais nada a contar. Uma ou duas vezes tive a impressão de que ele estava prestes a me contar alguma coisa. Uma noite falou sobre a importância do segredo e tenho alguma lembrança de que disse que sem dúvida espiões estrangeiros pagariam uma fortuna para tê-lo."

A fisionomia de meu amigo ficou ainda mais séria.

"Mais alguma coisa?"

"Ele disse que éramos negligentes nessas questões – que seria fácil para um traidor conseguir os planos."

"Foi só recentemente que ele fez esse tipo de observação?"

"Sim, muito recentemente."

"Agora fale-nos sobre aquela última noite."

"Íamos ao teatro. O nevoeiro estava tão denso que era inútil tomar um carro de aluguel. Fomos andando e nosso caminho nos levou para perto da repartição. De repente ele saiu correndo no nevoeiro."

"Sem uma palavra?"

"Soltou uma exclamação; só isso. Esperei mas ele não voltou. Então fui caminhando para casa. Na manhã seguinte, depois que a repartição abriu, eles vieram perguntar. Por volta do meio-dia soubemos das terríveis notícias. Oh, Mr. Holmes, se pudesse, pelo menos, pelo menos salvar a honra dele! Tinha tanto valor para ele!"

Holmes sacudiu a cabeça tristemente.

"Vamos, Watson", disse-me, "não é por aqui que devemos seguir. Nossa próxima parada deve ser a repartição de onde os papéis foram levados."

"A situação já estava feia contra esse rapaz, mas nossas investigações a estão tornando ainda mais feia", observou ele quando o carro se moveu pesadamente. "Seu casamento iminente dá um motivo para o crime. Ele naturalmente queria dinheiro. Tinha a ideia em mente, pois falou sobre ela. Quase tornou a moça uma cúmplice na traição, contando-lhe seus planos. É tudo muito grave."

"Mas o caráter certamente vale alguma coisa, não é? E depois, por que ele deixaria a moça plantada na rua e sairia correndo para cometer um crime?"

"Exato! Certamente há algumas objeções. Mas são alegações dificílimas que eles têm de enfrentar."

Mr. Sidney Johnson, o escriturário-chefe, recebeu-nos na repartição com todo aquele respeito que o cartão de visita de meu companheiro sempre impunha. Era um homem de meia-idade, magro e severo, de óculos; as faces eram pálidas e as mãos crispavam-se em razão da tensão nervosa a que fora submetido.

"É grave, Mr. Holmes, muito grave! Soube da morte do chefe?"

"Acabamos de sair da casa dele."

"Isto aqui está desorganizado. O chefe morto, Cadogan West morto, nossos papéis roubados. No entanto, quando fechamos nossa porta na tarde da segunda-feira, éramos uma repartição mais eficiente que qualquer outra no serviço público. Meu Deus, é horrível pensar nisso! Que West, entre todos os homens, tenha feito uma coisa dessas!"

"Então tem certeza de que ele é o culpado?"

"Não consigo ver como teria podido ser diferente. E no entanto eu teria confiado nele como confio em mim mesmo."

"A que horas a sala foi fechada segunda-feira?"

"Às cinco."

"O senhor a fechou?"

"Sou sempre o último homem a sair."

"Onde estavam os planos?"

"No cofre. Eu mesmo os coloquei lá."

"Não há um vigia no prédio?"

"Há, mas ele tem outros departamentos para vigiar também. É um ex-soldado e um homem extremamente digno de confiança. Ele não viu nada aquela noite. É claro que o nevoeiro estava muito denso."

"Suponha que Cadogan West quisesse entrar no prédio depois do expediente; ele precisaria de três chaves para chegar até os papéis, não é?"

"Sim, precisaria. A chave da porta externa, a chave da sala e a chave do cofre."

"Somente Sir James Walter e o senhor tinham essas chaves?"

"Eu não tinha nenhuma chave das portas – só a do cofre."

"Sir James era um homem metódico em seus hábitos?"

"Sim, penso que era. Sei que, no que diz respeito àquelas três chaves, ele as mantinha no mesmo porta-chaves. Eu as vi muitas vezes nele."

"E esse porta-chaves ia com ele para Londres?"

"Era o que ele dizia."

"E a sua chave nunca saiu de sua posse?"

"Nunca."

"Então West, caso seja o culpado, tinha de ter uma duplicata. Contudo, não se encontrou nenhuma com ele. Um outro detalhe: se um funcionário desta repartição desejasse vender os planos, não seria mais simples copiá-los para si do que levar os originais, como de fato foi feito?"

"Seria necessário considerável conhecimento técnico para copiar corretamente os planos."

"Mas tanto Sir James quanto o senhor ou West possuíam esse conhecimento técnico, não?"

"Sem dúvida, mas por favor não tente me envolver nessa história, Mr. Holmes. De que adianta conjecturar dessa maneira quando os planos originais foram realmente encontrados com West?"

"Bem, é sem dúvida singular que ele tenha corrido o risco de levar os originais se poderia, com toda segurança, ter levado cópias que lhe teriam servido igualmente bem."

"É singular, sem dúvida... mas foi o que ele fez."

"Toda investigação neste caso revela alguma coisa inexplicável. Por exemplo, três documentos continuam desaparecidos. Eles são, pelo que entendi, os mais importantes."

"Sim, é isso."

"Quer dizer que qualquer pessoa que tenha esses três papéis, e não os outros sete, poderia construir um submarino *Bruce-Partington*?"

"Foi o que informei ao Almirantado. Mas hoje estive estudando os desenhos novamente, e já não estou tão certo disso. As válvulas duplas com as fendas de ajustamento automático estão desenhadas num dos papéis recuperados. Até reinventar isso por si mesmos, os estrangeiros não conseguiriam fabricar a embarcação. É claro que logo poderiam superar essa dificuldade."

"'Quer dizer que qualquer pessoa que tenha esses três papéis, e não os outros sete, poderia construir um submarino *Bruce-Partington*?'" [Arthur Twidle, *Strand Magazine*, 1908]

"Mas os três desenhos desaparecidos são os mais importantes?"

"Sem dúvida alguma."

"Penso que, com sua permissão, darei uma volta pelo prédio agora. Não me lembro de nenhuma outra pergunta que queira fazer." Ele examinou a fechadura do cofre, a porta da sala e finalmente as persianas de ferro da janela. Só quando estávamos no gramado, lá fora, seu interesse foi fortemente despertado. Havia um arbusto de loureiro junto à janela, e vários galhos davam sinais de terem sido torcidos ou quebrados. Ele os examinou cuidadosamente com sua lente, e depois algumas marcas leves e indistintas na terra debaixo da planta. Finalmente, pediu ao escriturário-chefe que fechasse as persianas de ferro e mostrou-me que elas não se encontravam perfeitamente no centro, o que tornava possível para alguém de fora ver o que se passava dentro da sala.

"Os indícios estão destruídos por três dias de atraso. Podem significar alguma coisa ou nada. Bem, Watson, não me parece que Woolwich pode nos ajudar mais. Nossa colheita foi magra. Vejamos se nos saímos melhor em Londres."

Acrescentamos, porém, mais um feixe à nossa colheita antes de deixar a estação de Woolwich. O funcionário da bilheteria pôde nos dizer com certeza que vira Cadogan West – que conhecia de vista – na segunda-feira à noite, e que ele fora para Londres pelo trem das 8h15 com destino a London Bridge. Estava sozinho e comprou um bilhete só de ida na terceira classe. O funcionário ficou impressionado no momento pelas maneiras excitadas e nervosas do rapaz. Estava tão trêmulo que mal conseguiu pegar seu troco, e o funcionário teve de ajudá-lo. Uma consulta ao horário mostrou que o trem das 8h15 teria sido o primeiro que West teria podido pegar depois de ter deixado a noiva por volta das 7h30.

"Vamos reconstituir os acontecimentos, Watson", disse Holmes após meia hora de silêncio. "Pelo que me lembro, em todas as investigações que fizemos juntos nunca tivemos um caso de compreensão mais difícil. Cada novo avanço que fazemos apenas revela um novo obstáculo adiante. Apesar disso, não há dúvida de que fizemos algum progresso considerável.

"O resultado de nossas investigações em Woolwich foi em geral contrário ao jovem Cadogan West; mas as indicações na janela se prestariam a uma hipótese mais favorável. Suponhamos, por exemplo, que ele tenha sido procurado por um agente estrangeiro. Isso teria sido feito sob promessas que o impediriam de falar sobre o assunto, mas teriam afetado seus pensamentos na direção indicada pelos comentários que fez com a noiva. Muito bem. Suponhamos agora que, ao ir para o teatro com a jovem, ele de repente, no nevoeiro, tenha visto de relance esse mesmo agente indo na direção da repartição. Era um homem impetuoso, de decisões rápidas. Seu dever passava à frente de tudo. Seguiu o homem, chegou à janela, viu a retirada dos documentos e perseguiu o ladrão. Desse modo superamos a objeção de que ninguém levaria os originais se pudesse fazer cópias. Esse estranho tinha de levar os originais. Até aqui a coisa se sustenta."

"Qual é o passo seguinte?"

"Depois deparamos com dificuldades. Tenderíamos a imaginar que, em tais circunstâncias, o primeiro ato do jovem Cadogan West seria agarrar o canalha e dar o alarme. Por que não o fez? Teriam os papéis sido levados por um funcionário superior? Isso explicaria a sua conduta. Ou teria ele perdido o ladrão de vista no nevoeiro e partido imediatamente para Londres para interceptá-lo a partir da própria casa dele, contanto que soubesse onde morava? Deve ter sido uma situação de extrema urgência, porque ele deixou a noiva plantada no nevoeiro e não fez nenhum esforço para se comunicar com ela. Aí nosso rastro fica frio e há uma vasta lacuna entre estas duas hipóteses e a colocação do corpo do rapaz, com sete documentos no bolso, no teto de um vagão do metrô. Meu instinto me impele agora a trabalhar a partir da outra ponta.

Se Mycroft tiver nos enviado a lista de endereços, poderemos escolher nosso homem e seguir duas pistas em vez de uma."

SIM, havia um bilhete à nossa espera em Baker Street. Um mensageiro oficial o levara o mais depressa possível. Holmes passou uma vista-d'olhos nele e jogou-o para mim.

> Há muito peixe pequeno, mas poucos que se envolveriam num caso tão importante. Os únicos homens que vale a pena considerar são Adolph Meyer, de Great George Street nº 13, Westminster; Louis La Rothière, de Campden Mansions, Notting Hill; e Hugo Oberstein, de Caulfield Gardens nº 13, Kensington. Sabe-se que este último estava na cidade segunda-feira e agora parece ter viajado. Satisfeito por ouvir que tem alguma luz. O Gabinete espera seu relatório final com extrema ansiedade. Representações urgentes têm chegado das instâncias mais elevadas. Toda a força do Estado poderá secundá-lo, caso precise.
>
> MYCROFT

"Temo", disse Holmes sorrindo, "que todos os cavalos da rainha e todos os homens da rainha não possam nos ajudar neste caso." Ele abrira seu grande mapa de Londres e se debruçava ansiosamente sobre ele. "Bem, bem", disse pouco depois, com satisfação, "finalmente as coisas nos favorecem um pouco. Sim, Watson, acredito sinceramente que no fim das contas vamos ter sucesso." Deu-me um tapa no ombro com uma súbita explosão de hilaridade. "Agora vou sair. É só um reconhecimento. Não vou fazer nada de sério sem meu leal camarada e biógrafo do meu lado. Fique aqui; muito provavelmente me verá de novo dentro de uma ou duas horas. Se o tempo custar a passar, pegue papel e pena e comece a sua narrativa de como salvamos o Estado."

Senti algum reflexo do seu entusiasmo em minha própria mente, pois sabia muito bem que ele não se desviava tanto de sua costumeira austeridade a menos que tivesse um bom motivo para exultar. Esperei pelo seu retorno durante todas as primeiras horas daquela noite de novembro, cheio de impaciência. Finalmente, pouco depois das nove horas, chegou um mensageiro com um bilhete:

> Estou jantando no restaurante Goldini, Gloucester Road, Kensington. Favor vir me encontrar aqui imediatamente. Traga um pé de cabra, uma lanterna furta-fogo, um formão e um revólver.
>
> S.H.

Era um belo equipamento para um cidadão respeitável carregar pelas ruas escuras e enevoadas. Enfiei tudo discretamente nos bolsos de meu casacão e segui de carro diretamente para o endereço dado. Encontrei meu amigo sentado a uma pequena mesa redonda junto à porta do vulgar restaurante italiano.

"Já comeu alguma coisa? Então me acompanhe num café e num curaçau. Experimente um dos charutos da casa. São menos venenosos do que se poderia esperar. Trouxe as ferramentas?"

"Estão aqui, no meu casacão."

"Excelente. Deixe-me traçar para você um rápido esboço do que fizemos, com algumas indicações do que estamos prestes a fazer. Deve estar evidente para você agora, Watson, que o corpo desse rapaz foi *posto* sobre o teto do trem. Isso ficou claro desde que determinei o fato de que foi do teto, e não de um vagão, que ele caiu."

"Não poderia ter sido jogado de uma ponte?"

"Eu diria que isso seria impossível. Se você examinar os tetos dos vagões, verá que são ligeiramente abaulados e não há nenhuma grade à volta deles. Podemos dizer portanto, com certeza, que o jovem Cadogan West foi colocado lá."

"Como poderia ter sido colocado lá?"

"Essa era a pergunta que tínhamos de responder. Só há uma maneira possível. Você sabe que o metrô corre fora de túneis em alguns pontos do West End. Tenho uma vaga lembrança de, ao viajar por ali, ter visto ocasionalmente janelas pouco acima de minha cabeça. Suponha agora que um trem parasse sob uma dessas janelas, haveria alguma dificuldade em depositar um cadáver sobre o teto?"

"Parece extremamente improvável."

"Devemos recorrer ao velho axioma segundo o qual, quando todas as outras contingências falham, o que resta, por mais improvável que seja, deve ser a verdade. Aqui todas as outras contingências *falharam*. Quando descobri que o principal agente internacional, que acabara de deixar Londres, morava numa fila de casas que confinava com o metrô, fiquei tão contente que você ficou um pouco espantado com minha repentina alegria."

"Ah, então foi isso?"

"Sim, foi isso. Mr. Hugo Oberstein, de Caulfield Gardens nº 13, havia se tornado meu objetivo. Comecei minha operação na estação de Gloucester Road, onde um funcionário muito prestativo andou comigo ao longo dos trilhos e permitiu-me constatar não só que as janelas dos fundos de Caulfield Gardens dão para a linha, como o fato ainda mais essencial de que, em decorrência da interseção de uma das maiores vias, frequentemente os trens do metrô ficam parados alguns minutos exatamente naquele ponto."

"Esplêndido, Holmes! Você conseguiu!"

"Até agora… até agora, Watson. Avançamos, mas a meta está longe. Bem, depois de ver os fundos de Caulfield Gardens, visitei a frente e me certifiquei de que a ave realmente batera asas. É uma casa bastante grande, sem móveis, pelo que pude averiguar, nas peças de cima. Oberstein morava ali com um único criado, provavelmente um cúmplice de toda a sua confiança. Devemos ter em mente que Oberstein foi para o Continente para vender seu butim, mas não com qualquer ideia de fuga; porque não tinha nenhum motivo para temer um mandado de busca e a ideia da visita domiciliar de um amador certamente jamais lhe teria ocorrido. É precisamente isso, contudo, que estamos prestes a fazer."

"Não poderíamos obter um mandado e legalizar isso?"

"Dificilmente, com os indícios que temos."

"Que podemos esperar fazer?"

"Não podemos saber que correspondência pode haver lá."

"Não gosto disso, Holmes."

"Meu caro amigo, você ficará de guarda na rua. Eu farei a parte criminosa. Não é hora para melindres. Pense no bilhete de Mycroft, no Almirantado, no Gabinete, na augusta pessoa que aguarda notícias. Temos de ir."

Minha resposta foi me levantar da mesa.

"Tem razão, Holmes. Temos de ir."

Ele se levantou de um salto e apertou-me a mão.

"Eu sabia que você não tiraria o corpo fora no último minuto", disse, e por um momento vi algo em seus olhos mais próximo da ternura do que tudo que já vira neles. No instante seguinte voltara a ser autoritário e prático como sempre.

"Fica a uns oitocentos metros, mas não há pressa. Vamos andando", disse ele. "Não deixe os instrumentos caírem, por favor. Sua prisão como elemento suspeito seria uma complicação desastrosa."

Caulfield Gardens é uma dessas filas de casas sem graça, com pórtico e colunas, que são um produto tão proeminente de meados da era vitoriana no West End de Londres. Na casa vizinha parecia haver uma festa de crianças, pois o burburinho alegre de vozes juvenis e o retinir de um piano ressoavam pela noite. O nevoeiro que ainda pairava nos favorecia, acobertando-nos. Holmes acendera sua lanterna e focalizara a pesada porta.

"Esta é uma tarefa árdua", disse ele. "Certamente está aferrolhada além de trancada. Teríamos mais facilidade pelo pátio inferior. Há uma excelente arcada lá embaixo, caso algum policial se intrometa. Dê-me uma mão, Watson, e farei o mesmo para você."

Um minuto depois estávamos ambos no pátio. Mal entráramos na escuridão quando ouvimos o passo de um policial no nevoeiro acima. Quando seu ritmo indolente se calou, Holmes pôs-se a trabalhar na porta de baixo. Vi-o curvar-se e puxar até que ela cedeu com um ruído abrupto de quebra. Enfiamo-nos pelo corredor escuro, fechando a porta do pátio atrás de nós. Holmes subiu à minha frente a escada curva e sem tapete. Seu pequeno feixe de luz amarela brilhou sobre uma janela baixa.

"Cá estamos, Watson – deve ter sido esta." Abriu-a e, quando o fazia, ouvimos um murmúrio baixo, estridente, que se transformou gradualmente num rugido alto quando um trem passou velozmente por nós na escuridão. Holmes correu a sua luz pelo peitoril da janela. Ele estava coberto com uma camada grossa de fuligem das máquinas que passavam, mas em alguns lugares a superfície preta estava borrada e esfregada.

"Você pode ver aqui onde eles pousaram o cadáver. Olhe só, Watson! Que é isto? Não pode haver nenhuma dúvida de que é uma marca de sangue." Ele apontava para uma tênue descoloração no peitoril de madeira. "Há uma aqui na pedra do degrau também. A demonstração está completa. Vamos ficar aqui até que um trem pare."

Não tivemos que esperar muito; o trem seguinte saiu rugindo do túnel como antes, mas desacelerou a céu aberto e depois, com um rangido de freios, parou imediatamente abaixo de nós. Não havia nem um metro e vinte da saliência da janela ao teto dos vagões. Holmes fechou rapidamente a janela.

"Até agora os fatos nos dão razão", disse. "Que pensa disto, Watson?"

"Uma obra-prima. Você nunca tinha sido tão brilhante."

"Quanto a isso, não posso concordar com você. A partir do momento em que concebi a ideia de que o cadáver estava sobre o teto, que certamente não era das mais abstrusas, todo o resto foi inevitável. Não fossem os graves interesses envolvidos, o caso até este ponto teria sido insignificante. Nossas dificuldades estão ainda à nossa frente. Mas talvez possamos encontrar aqui alguma coisa que nos ajude."

Subimos a escada dos fundos e entramos na série de peças do segundo pavimento. Uma era a sala de jantar, severamente mobiliada e sem nada que nos interessasse. Uma segunda era um quarto de dormir, também sem atrativos. A sala restante pareceu mais promissora, e meu companheiro iniciou ali um exame sistemático. Repleta de livros e papéis, era evidentemente usada como um gabinete. Rápida e metodicamente, Holmes revolveu os conteúdos de gaveta após gaveta, armário após armário, mas nenhuma centelha de satisfação iluminou seu rosto austero. Ao fim de uma hora estava no mesmo pé que ao começar.

"O finório encobriu suas pegadas", disse. "Não deixou nada que pudesse incriminá-lo. Sua correspondência comprometedora foi destruída ou removida. Aqui está nossa última chance."

Era uma pequena caixa de lata para guardar dinheiro que se encontrava sobre a escrivaninha. Holmes abriu-a com o formão. Dentro havia vários rolos de papel cobertos de números e cálculos, sem uma só anotação que mostrasse a que se referiam. As palavras recorrentes "pressão da água" e "pressão por polegada quadrada" sugeriam alguma possível relação com um submarino. Holmes jogou-os de lado com impaciência. Restou apenas um envelope contendo pequenos recortes de jornal. Ele os sacudiu sobre a mesa e vi imediatamente pela sua expressão ávida que suas esperanças haviam sido despertadas.

"Que é isto, Watson? Hã? Que é isto? O registro de uma série de mensagens publicadas na seção de anúncios de um jornal. A coluna de anúncios pessoais do *Daily Telegraph*, a julgar pela impressão e pelo papel. Canto superior direito de uma página. Sem datas – mas as próprias mensagens se arranjam. Esta deve ser a primeira:

> Esperava notícias antes. Condições aceitas. Envie detalhes para endereço dado no cartão.
>
> PIERROT

"Em seguida vem:

> Complexo demais para descrição. Preciso relatório completo. Dinheiro o aguarda quando entregar mercadoria.
>
> PIERROT

"Depois vem:

> Há urgência. Devo retirar oferta a menos contrato concluído. Marque encontro por carta. Confirmarei por anúncio.
>
> PIERROT

"E por fim:

> Segunda-feira à noite após nove. Duas batidas. Só nós. Não seja tão desconfiado. Pagamento em dinheiro vivo contra entrega das mercadorias.
>
> PIERROT

"Um registro bastante completo, Watson! Se pudéssemos ao menos pegar o homem na outra ponta!" Ficou perdido em pensamentos, tamborilando sobre a mesa. Finalmente pulou da cadeira.

"Bem, talvez não seja tão difícil, afinal. Não há mais nada a fazer aqui, Watson. Creio que podemos pegar um carro até os escritórios do *Daily Telegraph* e assim arrematar um bom dia de trabalho."

No dia seguinte, atendendo a um chamado, Mycroft Holmes e Lestrade apareceram depois do desjejum e Sherlock Holmes contou-lhes nossos procedimentos da véspera. O profissional sacudiu a cabeça ao ouvir sobre nosso arrombamento confesso.

"Não podemos fazer essas coisas na polícia, Mr. Holmes", disse. "Não admira que o senhor obtenha resultados que fogem ao nosso alcance. Mas um dia desses irá longe demais e se verá em apuros, junto com o seu amigo."

"Pela Inglaterra, o lar e a beleza – hein, Watson? Mártires no altar de nossa pátria. Mas que pensa você, Mycroft?"

"Excelente, Sherlock. Admirável! Mas que uso vai fazer disso?"

Holmes pegou o *Daily Telegraph* que estava sobre a mesa. "Viu o anúncio que Pierrot publicou hoje?"

"Quê? Mais um?"

"Sim, aqui está:

> Hoje à noite. Mesma hora. Mesmo lugar. Duas batidas. Extremamente importante. Sua própria segurança em jogo.
>
> PIERROT"

"Meu Deus!" exclamou Lestrade. "Se ele for, nós o pegamos!"

"Essa foi a minha ideia quando publiquei isto. Penso que se vocês dois puderem ir conosco por volta das oito horas a Caulfield Gardens, é possível que consigamos chegar mais perto de uma solução."

Uma das características mais notáveis de Sherlock Holmes era a capacidade de desativar seu cérebro e desviar todos os seus pensamentos para coisas mais leves sempre que se convencia de que continuar trabalhando não seria mais proveitoso. Lembro-me de que durante todo aquele dia memorável ele mergulhou numa monografia que encetara sobre os motetos polifônicos de Lassus. Para mim, completamente destituído de sua capacidade de alheamento, o dia pareceu interminável. A grande importância nacional da questão, o suspense nas altas esferas, a natureza direta do experimento que estávamos tentando – tudo se combinou para afetar meus nervos. Senti-me aliviado quando finalmente, após um jantar leve, partimos para nossa expedição. Lestrade e Mycroft foram nos encontrar, como previamente combinado, em frente à estação de Gloucester Road. A porta do pátio da casa de Oberstein havia sido deixada aberta na noite anterior, mas como Mycroft Holmes se recusou, de maneira peremptória e indignada, a pular a grade, eu tive de entrar e ir abrir a porta da frente. Às nove horas estávamos todos sentados no gabinete, esperando pacientemente pelo nosso homem.

Passou-se uma hora e depois mais uma. Quando soaram as 11h, a batida compassada do grande relógio da igreja pareceu um réquiem pelas nossas esperanças. Lestrade e Mycroft, irrequietos em suas cadeiras, consultavam seus relógios duas vezes por minuto. Holmes permanecia silencioso e tranquilo, as pálpebras semicerradas, mas todos os sentidos em alerta. Ergueu a cabeça com um sobressalto.

"Ele está chegando", disse.

Alguém passara furtivamente pela porta. Agora voltava. Ouvimos um arrastar de pés do lado de fora, seguido por duas batidas fortes com a aldrava. Holmes levantou-se, fazendo sinal para que continuássemos sentados. A lâmpada a gás no vestíbulo emitia um mero ponto de luz. Abriu a porta da rua e assim que um vulto escuro se introduziu, fechou-a e trancou-a. "Por aqui!" nós o ouvimos dizer, e um instante depois o nosso homem estava diante de nós. Holmes viera logo atrás dele, e quando o homem se virou com um grito de surpresa e alarme, Holmes agarrou-o pelo colarinho e jogou-o de volta na sala. Antes que nosso prisioneiro recobrasse o equilíbrio, a porta estava fechada e Holmes apoiava as costas contra ela. O homem lançou um olhar feroz à sua volta, cambaleou e caiu sem sentidos no chão. Com o choque, seu chapéu de aba larga voou de sua cabeça, seu cachecol escorregou de seus lábios, e apareceram a barba clara e longa e as feições suaves e agradáveis do coronel Valentine Walter.

Holmes deu um assobio de surpresa.

"Pode me qualificar de burro desta vez, Watson", disse. "Esta não era a ave que eu estava procurando."

"Quem é ele?" perguntou Mycroft, ansioso.

"O irmão mais novo do falecido Sir James Walter, o chefe do Departamento de Submarinos. Sim, sim; estou percebendo o jogo. Ele está voltando a si. Creio que o melhor seria deixarem este interrogatório por minha conta."

"Antes que nosso prisioneiro recobrasse o equilíbrio, a porta estava fechada e Holmes apoiava as costas contra ela."
[Arthur Twidle, *Strand Magazine*, 1908]

Havíamos carregado o corpo prostrado para o sofá. Então nosso prisioneiro sentou-se, olhou à sua volta com uma expressão de horror e passou a mão pela testa, como alguém que não consegue acreditar nos próprios sentidos.

"Que é isto?" perguntou. "Vim para visitar Mr. Oberstein."

"Já sabemos de tudo, coronel Walter", disse Holmes. "Como um cavalheiro inglês pôde se comportar de tal maneira está além da minha compreensão. Mas temos conhecimento de toda a sua correspondência e de suas relações com Oberstein. Posso dizer o mesmo das circunstâncias ligadas à morte do jovem Cadogan West. Permita-me aconselhá-lo a ter pelo menos o pequeno mérito de arrepender-se e confessar, já que ainda há alguns detalhes de que só podemos nos inteirar pelos seus lábios."

O homem gemeu e enterrou o rosto nas mãos. Esperamos, mas ele permaneceu em silêncio.

"Posso lhe assegurar", disse Holmes, "que todos os elementos essenciais já são conhecidos. Sabemos que precisava de dinheiro com urgência; que tirou o molde das chaves em poder de seu irmão; e que entabulou correspondência com Oberstein, que respondia às suas cartas através da coluna de anúncios do *Daily Telegraph*. Temos conhecimento de que foi à repartição em meio ao nevoeiro de segunda-feira à noite, mas foi visto e seguido pelo jovem Cadogan West, que provavelmente tinha alguma razão anterior para suspeitar do senhor. Ele viu o seu roubo, mas não pôde dar o alarme, porque era possível que o senhor estivesse pegando os papéis para levar ao seu irmão em Londres. Deixando de lado todos os seus assuntos pessoais, como bom cidadão que era, ele o seguiu de perto no nevoeiro, mantendo-se nos seus calcanhares até que o senhor chegou precisamente a esta casa. Aqui ele interveio, e foi então, coronel Walter, que o senhor acrescentou à traição o crime mais terrível do assassinato."

"Não! Não fiz isso! Juro por Deus que não o matei!" gritou nosso desgraçado prisioneiro.

"Então conte-nos como Cadogan West encontrou seu fim antes que o senhor o pusesse sobre o teto de um vagão de trem."

"Vou contar. Juro que vou. Eu fiz o resto. Confesso. Foi exatamente como o senhor disse. Uma dívida para com a Bolsa de Valores tinha de ser paga. Eu precisava terrivelmente do dinheiro. Oberstein me ofereceu cinco mil. Era para me salvar da ruína. Mas quanto ao assassinato, sou tão inocente como o senhor."

"Então que aconteceu?"

"Ele já tinha suas desconfianças antes e me seguiu como descreveu. Não percebi nada até chegar aqui na porta. Era um nevoeiro denso, não se conseguia ver a três metros. Eu tinha batido duas vezes e Oberstein viera atender. O rapaz precipitou-se sobre nós e quis saber o que iríamos fazer com os papéis. Oberstein tinha um porrete curto que carregava sempre consigo. Quando West tentava entrar à força na casa atrás de nós, ele lhe deu uma porretada na cabeça. O golpe foi fatal. Cinco minutos depois o rapaz estava morto. Ficou estendido lá no vestíbulo, e não sabíamos o que fazer. Então Oberstein teve essa ideia, acerca dos trens que paravam sob sua janela dos fundos. Primeiro, porém, examinou os papéis que eu trouxera. Disse que três deles eram essenciais e tinha de conservá-los. 'Não pode ficar com eles', contestei. 'Haverá um alvoroço medonho em Woolwich se não forem devolvidos.' 'Tenho de ficar com eles', respondeu, 'pois são tão técnicos que é impossível fazer cópias em tempo hábil.' 'Devem voltar todos juntos esta noite', insisti. Ele pensou um pouco e exclamou que encontrara uma solução. 'Vou ficar com três', disse. 'Os outros nós vamos enfiar no bolso deste rapaz. Quando o encontrarem, tudo será com certeza atribuído a ele.' Como não consegui pensar em outra saída, fizemos como ele sugeriu. Esperamos meia hora na janela antes que um trem parasse. O nevoeiro era tal que não se enxergava nada, e não tivemos dificuldade de baixar o corpo de West até o trem. No que me diz respeito, a história terminou aí."

"E o seu irmão?"

"Não disse nada, mas havia me flagrado uma vez com as suas chaves e tenho a impressão de que desconfiava. Li em seus olhos que desconfiava. Como sabe, nunca mais levantou a cabeça de novo."

Houve um silêncio na sala. Foi quebrado por Mycroft Holmes.

"Não poderia fazer uma reparação? Isso aliviaria sua consciência, e possivelmente sua punição."

"Que reparação posso fazer?"

"Onde está Oberstein com os papéis?"

"Não sei."

"Ele não deu nenhum endereço?"

"No que me diz respeito, a história terminou aí."
[Arthur Twidle, *Strand Magazine*, 1908]

"Disse que cartas para o Hôtel du Louvre, em Paris, acabariam chegando a ele."

"Então o senhor ainda tem condições de reparar o que fez", disse Sherlock Holmes.

"Farei tudo que puder. Não devo nada a esse sujeito. Ele foi a minha ruína."

"Aqui tem papel e pena. Sente-se a essa escrivaninha e escreva o que vou ditar. Sobrescreva o envelope com o endereço dado. Certo. Agora a carta:

Caro senhor,

Com relação à nossa transação, já terá sem dúvida notado que falta um detalhe essencial. Tenho um desenho que o tornará completo. Mas, como isso me envolveu em dificuldades adicionais, devo lhe pedir mais um adiantamento de quinhentas libras. Não o enviarei pelo correio, nem aceitarei coisa alguma exceto ouro ou cédulas. Iria encontrá-lo no exterior, mas minha saída do país no momento chamaria a atenção. Por isso estarei à sua espera sábado ao meio-dia no salão de fumar do Charing Cross Hotel. Lembre-se de que só aceitarei cédulas inglesas ou ouro.

"Isso é o bastante. Ficarei muito surpreso se não trouxer o nosso homem."

E trouxe! É matéria de história – aquela história secreta de uma nação que é tantas vezes mais essencial e interessante que suas crônicas públicas – que Oberstein, ansioso por completar o golpe de sua vida, deixou-se atrair, foi apanhado e passou quinze anos numa prisão britânica. Em seu baú foram encontrados os inestimáveis planos do *Bruce-Partington*, que ele pusera em leilão em todos os centros navais da Europa.

O coronel Walter morreu na prisão perto do final do segundo ano de sua sentença. Quanto a Holmes, voltou revigorado para sua monografia sobre os motetos polifônicos de Lassus, que foi mais tarde impressa para circulação privada e é considerada pelos especialistas a última palavra sobre o assunto. Algumas semanas depois, fiquei sabendo incidentalmente que meu amigo passou um dia em Windsor, de onde voltou com uma belíssima esmeralda num alfinete de gravata. Quando lhe perguntei se a comprara, respondeu que fora presente de certa generosa dama em cujo interesse ele tivera a boa sorte de realizar uma pequena incumbência. Não disse mais nada; mas imagino que pude adivinhar o nome dessa dama, e tenho praticamente certeza de que o alfinete de esmeralda trará para sempre à memória de meu amigo a aventura dos planos do *Bruce-Partington*.

O Detetive Moribundo

Mrs. Hudson, a senhoria de Sherlock Holmes, era uma mulher muito paciente. Não só seu apartamento no térreo era invadido a toda hora por hordas de figuras singulares e com frequência indesejáveis, como seu extraordinário inquilino mostrava uma excentricidade e uma irregularidade em sua vida que deviam submeter sua resignação a uma rude prova. Seu incrível desmazelo, seu costume de tocar violino em horas inusitadas, sua ocasional prática de tiro ao alvo dentro de casa, seus esquisitos e muitas vezes malcheirosos experimentos científicos e a atmosfera de violência e perigo que o envolvia faziam dele sem dúvida o pior inquilino de Londres. Por outro lado, ele a pagava principescamente. Não tenho dúvida de que a casa poderia ter sido comprada pelo preço que Holmes pagou por seus aposentos durante os anos que passei com ele.

A senhoria nutria o mais profundo respeito por ele e nunca ousava interferir em sua vida, por mais ultrajante que a sua conduta pudesse parecer. Gostava dele, também, porque era de notável gentileza e cortesia ao tratar com mulheres. Tinha antipatia e desconfiança delas, mas era um adversário cavalheiresco. Sabendo como a estima de Mrs. Hudson por ele era genuína, ouvi sua história com atenção quando ela foi ao meu apartamento no segundo ano de minha vida de casado e me contou sobre o triste estado a que meu pobre amigo estava reduzido. "Ele está morrendo, dr. Watson", disse ela. "Faz três dias que vem definhando e duvido que passe de hoje. Não quis me deixar chamar um médico. Esta manhã, quando vi os ossos ficando salientes em seu rosto e seus olhos grandes e brilhantes me fitando, não pude mais suportar aquilo. 'Com ou sem a sua permissão, Mr. Holmes, vou chamar um médico agora mesmo', disse eu. 'Então que seja o Watson', respondeu ele. Acho que deve ir agora mesmo, doutor, ou corre o risco de não o pegar vivo."

Fiquei horrorizado, porque não tinha tido nenhuma notícia de sua doença. Não preciso dizer que corri para pegar meu paletó e meu chapéu. No carro, a caminho de Baker Street, pedi detalhes.

"Não posso lhe contar muita coisa, doutor. Ele andou trabalhando num caso em Rotherhithe, numa viela perto do rio, e trouxe essa doença de volta consigo. Caiu de cama na tarde da quarta-feira e não se levantou mais. Durante estes três dias não comeu nem bebeu nada."

"Meu Deus! Por que não chamou um médico?"

"Ele não quis, doutor. Sabe como é autoritário. Não ousei desobedecê-lo. Não ficará muito tempo neste mundo, como logo o senhor verá com seus próprios olhos."

Holmes pareceu realmente um espetáculo deplorável. Na luz baça de um dia enevoado de novembro, o quarto do doente era um lugar sombrio, mas o que me deu um calafrio foi aquele rosto macilento e devastado olhando para mim da cama. Seus olhos tinham o brilho da febre, havia um rubor héctico nas suas faces e crostas escuras em seus lábios; as mãos magras sobre a colcha crispavam-se constantemente e a voz era áspera e espasmódica. Quando entrei no quarto estava deitado apaticamente, mas minha aparição despertou um lampejo de reconhecimento em seus olhos.

"Bem, Watson, parece que estamos em maus lençóis", disse ele, com uma voz débil, mas com algo de seu velho jeito negligente.

"Meu caro amigo!" exclamei, aproximando-me.

"Não se aproxime! Fique aí!" gritou ele, com a imperiosidade brusca que eu só associava a momentos de crise. "Se chegar perto de mim, Watson, vou mandar que saia desta casa."

"Mas por quê?"

"Porque é o meu desejo. Isto não basta?"

Sim, Mrs. Hudson estava certa. Ele estava mais autoritário que nunca. Dava pena, contudo, ver seu depauperamento.

"Só quis ajudar", expliquei.

"Exatamente! Ajudará melhor fazendo o que eu mandar."

"Com certeza, Holmes."

Suas maneiras tornaram-se menos ríspidas.

"Não está zangado?" perguntou, arquejando.

Pobre coitado, como eu poderia estar zangado vendo-o prostrado diante de mim naquela situação?

"É para o seu próprio bem, Watson", gemeu ele.

"Para o *meu* bem?"

"Sei qual é o meu problema. É uma doença dos cules de Sumatra – um mal sobre o qual os holandeses sabem mais que nós, embora lhe tenham dado pouca importância até hoje. Só uma coisa é certa. É infalivelmente mortal e horrivelmente contagioso."

Falava agora com uma energia febril, as mãos longas crispando-se e contraindo-se em espasmos ao fazer gestos para que eu me afastasse.

"Isto é, contagioso pelo toque, Watson... sim, pelo toque. Fique à distância e tudo estará bem."

"Céus, Holmes! Supõe que uma consideração desse tipo pode me deter sequer por um instante? Ela não me afetaria no caso de um estranho. Imagina que isso me impediria de cumprir meu dever para com um velho amigo como você?"

Avancei de novo, mas ele me repeliu com um olhar iracundo.

"Se ficar aí eu falo. Se não, terá de sair do quarto."

Tenho tamanho respeito pelas qualidades extraordinárias de Holmes que sempre me submeti a seus desejos, por menos que os compreendesse. Mas naquele momento todos os meus instintos profissionais foram despertados. Que ele fosse o meu mestre em outros lugares; pelo menos ali, num quarto de doente, eu era o dele.

"Holmes", disse eu, "você está fora de si. Um doente não passa de uma criança, e vou tratá-lo como tal. Quer goste, quer não, vou examinar seus sintomas e medicá-lo."

Ele me fitou com olhos malévolos.

"Se vou ter um médico, quer queira ou não, deixe-me pelo menos ter alguém em quem tenho confiança", disse.

"Então não tem nenhuma em mim?"

"Na sua amizade, certamente. Mas fatos são fatos, Watson, e afinal de contas você é apenas um clínico geral com experiência limitada e qualificações medíocres. É doloroso ter de dizer estas coisas, mas você não me deixa escolha."

Fiquei profundamente magoado.

"Essa observação é indigna de você, Holmes. Ela me mostra muito claramente o estado dos seus nervos. Mas se não tem nenhuma confiança em mim, não lhe imporei meus serviços. Deixe-me trazer Sir Jasper Meek ou Penrose Fisher, ou algum dos melhores homens em Londres. Mas precisa ser visto por *alguém*, e isto é definitivo. Se pensa que vou ficar aqui vendo-o morrer sem nem ajudá-lo eu mesmo, nem trazendo alguma outra pessoa para ajudá-lo, está muito enganado."

"Sua intenção é boa, Watson", disse o doente, com algo entre um soluço e um gemido. "Preciso demonstrar sua própria ignorância? Que sabe você, por favor, sobre a febre de Tapanuli? Que sabe sobre o cancro negro de Formosa?"

"Nunca ouvi falar de nenhuma dessas doenças."

"Há muitos problemas de saúde, muitas possibilidades patológicas estranhas no Oriente, Watson." Fazia uma pausa após cada frase para reunir as forças que lhe sobravam. "Aprendi isso durante algumas pesquisas recentes que têm um aspecto médico-criminal. Foi no curso delas que contraí esta enfermidade. Você não pode fazer nada."

"Possivelmente não. Mas por acaso sei que o dr. Ainstree, a maior autoridade viva em doenças tropicais, encontra-se em Londres agora. Não adianta reclamar, Holmes. Vou buscá-lo agora mesmo." Voltei-me resolutamente para a porta.

Eu nunca sofrera um choque como aquele! Num instante, com um salto de tigre, o moribundo havia me interceptado. Ouvi o estalo seco de uma chave sendo torcida. Um momento depois ele voltara cambaleando para a cama, exausto e arfando depois daquela tremenda explosão de energia.

"Ouvi o estalo seco de uma chave sendo torcida."
[Walter Paget, *Strand Magazine*, 1913]

"Não vai tirar a chave de mim à força, Watson. Eu o peguei, meu amigo. Você está aqui e aqui ficará até que eu decida outra coisa. Vou satisfazer o seu desejo." (Tudo isto com a voz entrecortada, com terríveis arquejos entre as palavras.) "Você só deseja o meu bem. Claro que sei disso perfeitamente. Poderá fazer o que quer, mas dê-me tempo para reunir forças. Não agora, Watson, não agora. São quatro horas. Às seis você poderá ir."

"Isso é loucura, Holmes."

"Só duas horas, Watson. Prometo que irá às seis. Pode esperar?"

"Parece que não tenho escolha."

"Absolutamente nenhuma, Watson. Muito obrigado, não preciso de ajuda para arrumar os lençóis. Queira por favor manter-se à distância. Agora, Watson, há uma outra condição que gostaria de estabelecer. Você irá pedir ajuda, mas não ao homem que mencionou e sim àquele que eu escolher."

"Como queira."

"Estas são as duas primeiras palavras sensatas que pronuncia desde que entrou neste quarto, Watson. Encontrará alguns livros ali. Estou exausto; imagino como se sente uma bateria quando despeja eletricidade num não condutor! Às seis, Watson, voltaremos a conversar."

Mas a conversa estava destinada a recomeçar muito antes dessa hora, e em circunstâncias que me causaram um choque quase tão grande quanto o provocado pelo salto que ele dera até a porta. Eu passara alguns minutos olhando a figura silenciosa na cama. Seu rosto estava quase coberto pelos lençóis e ele parecia dormir. Então, incapaz de me acomodar para ler, pus-me a caminhar lentamente pelo quarto, examinando os quadros de criminosos célebres com que todas as paredes estavam decoradas. Por fim, perambulando a esmo, aproximei-me do aparador da lareira. Sobre ele se espalhava uma profusão de cachimbos, tabaqueiras, seringas, canivetes, cartuchos de arma de fogo e outras bugigangas. No meio de tudo isso havia uma pequena caixa de marfim preta e branca com tampa deslizante. Era uma coisinha muito elegante, e eu estendera minha mão para examiná-la mais de perto quando...

Foi um grito medonho que ele deu – um berro que poderia ter sido ouvido da rua. Minha pele ficou gelada e meu cabelo se arrepiou com esse horrível brado. Ao me virar, dei com um rosto convulsionado e olhos frenéticos. Fiquei paralisado, a caixinha na mão.

"Largue isso! Largue, neste instante, Watson – neste instante, estou dizendo!" Sua cabeça caiu de volta no travesseiro e ele soltou um profundo suspiro de alívio quando pus a caixa de volta no aparador. "Detesto que toquem nas minhas coisas, Watson. Sabe muito bem disto. Está me enervando de maneira insuportável. Você, um médico... você é o bastante para levar um paciente para o hospício. Sente-se, homem, e me deixe descansar!"

O incidente deixou-me uma impressão sumamente desagradável. A excitação violenta e sem motivo, seguida por essa maneira rude de falar, tão distante de sua suavidade usual, mostrou-me como a desorganização de sua mente era profunda. De todas as ruínas, a de uma mente nobre é a mais deplorável. Sentei-me em silêncio, abatido, até que o tempo estipulado passasse. Ele parecia ter estado olhando o relógio tanto quanto eu, pois mal eram seis horas quando começou a falar com a mesma animação febril de antes.

"Agora, Watson", disse. "Tem alguns trocados no bolso?"

"Tenho."

"Alguma moeda de prata?"

"Muitas."

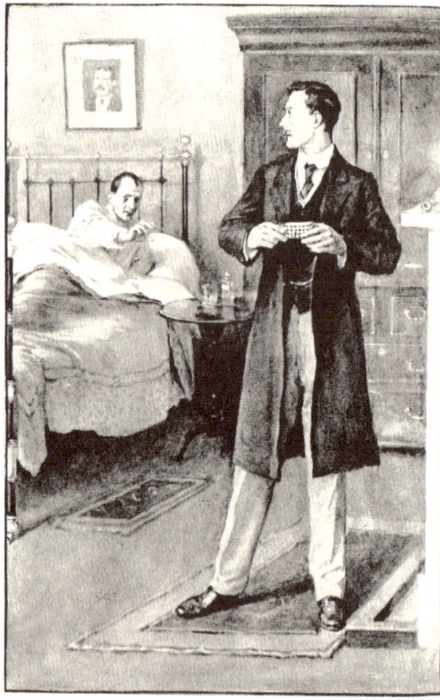

"Largue isso! Largue, neste instante,
Watson – neste instante, estou dizendo!"
[Walter Paget, *Strand Magazine*, 1913]

"Quantas meias coroas?"

"Tenho cinco."

"Ah, pouco demais! Pouco demais! Que pena, Watson! Mesmo assim, ponha-as no bolso do relógio. E ponha todo o resto do seu dinheiro no bolso esquerdo da calça. Muito obrigado. Assim você ficará muito mais bem-equilibrado."

Isso era insanidade delirante. Ele teve um estremecimento e novamente produziu um som entre uma tosse e um soluço.

"Agora você vai acender o gás, Watson, mas proceda com muito cuidado para que nem por um instante ele fique aceso mais que pela metade. Eu lhe imploro que tenha cuidado, Watson. Obrigado, assim está ótimo. Não, não precisa baixar a persiana. Agora tenha a bondade de pôr algumas cartas e papéis sobre esta mesa, ao meu alcance. Muito obrigado. Agora um pouco daqueles objetos em desordem sobre o aparador. Excelente, Watson! Há uma pinça para açúcar ali. Por gentileza levante aquela caixinha de marfim com a ajuda dela. Ponha-a aqui entre os papéis. Ótimo! Agora pode ir chamar Mr. Culverton Smith, de Lower Burke Street nº 13."

Para falar a verdade, meu desejo de ir chamar um médico diminuíra um pouco, pois o pobre Holmes estava tão obviamente delirante que parecia perigoso deixá-lo. No entanto, agora ele se mostrava tão ansioso por consultar a pessoa citada como estivera antes obstinado em recusar-se a fazê-lo.

"Nunca ouvi esse nome", disse eu.

"Possivelmente não, meu bom Watson. Talvez o surpreenda saber que o homem mais versado nessa doença na face da terra não é um médico, mas um agricultor. Mr. Culverton Smith é um conhecido residente de Sumatra, agora em visita a Londres. Um surto da doença em sua fazenda, que era distante de recursos médicos, levou-o a estudá-la ele próprio, com algumas consequências bastante consideráveis. Ele é uma pessoa muito metódica e eu não quis que você partisse antes das seis porque sabia que não o encontraria em seu gabinete. Se puder convencê-lo a vir aqui e a nos dar o benefício de sua experiência singular dessa doença, cuja investigação tem sido seu mais caro *hobby*, não tenho dúvida de que ele poderá me ajudar."

Estou relatando as observações de Holmes como um todo consecutivo, e não tentarei indicar como eram interrompidas por arquejos e aquelas contrações das mãos que indicavam as dores que sofria. Seu aspecto mudara para pior nas poucas horas que eu passara com ele. Aquelas manchas hécticas eram mais pronunciadas, os olhos brilhavam mais vivamente, estavam mais fundos e um suor frio luzia em sua testa. Ele ainda conservava, no entanto, a cortesia elegante de sua fala. Até o último suspiro, seria sempre o mestre.

"Você lhe contará exatamente como me deixou", disse ele. "Trate de lhe transmitir a impressão que está na sua própria mente... um moribundo... um moribundo delirante. Na verdade, não entendo por que todo o leito do oceano não é uma massa sólida de ostras, tão prolíficas parecem essas criaturas. Ah, estou divagando! É estranho como o cérebro controla o cérebro! Que é mesmo que eu estava dizendo, Watson?"

"Minhas instruções para Mr. Culverton Smith."

"Ah, sim, eu me lembro. Minha vida depende disso. Peça-lhe encarecidamente, Watson. Não nos estimamos muito. O sobrinho dele, Watson – desconfiei que ele fizera uma velhacaria e o deixei perceber. O rapaz sofreu uma morte horrível. Ele tem rancor de mim. Você o aplacará, Watson. Peça, implore, traga-o aqui de qualquer maneira. Ele pode me salvar... somente ele!"

"Eu o trarei num carro de aluguel, nem que precise carregá-lo até ele."

"Não fará nada disso. Você o convencerá a vir. E depois retornará na frente dele. Dê alguma desculpa para não vir com ele. Não esqueça, Watson. Não me desaponte. Você nunca me desapontou. Sem dúvida há inimigos naturais que limitam a proliferação das criaturas. Você e eu, Watson, nós fizemos a nossa parte. Será que o mundo ficará então infestado de ostras? Não, não; horrível. Você transmitirá tudo o que está na sua mente."

Deixei-o impressionado com a imagem desse magnífico intelecto a tagarelar como uma criança tola. Ele me entregara a chave e tive a feliz ideia de me apossar dela, temendo que pudesse se trancar lá dentro. Mrs. Hudson me esperava no corredor, tremendo e chorando. Atrás de mim, ao sair do apartamento, ouvi a voz alta e fina de Holmes numa lenga-lenga delirante. Embaixo, quando eu assobiava para chamar um carro de aluguel, um homem se aproximou de mim através do nevoeiro.

"Como está Mr. Holmes, senhor?" perguntou.

Era um velho conhecido, o inspetor Morton, da Scotland Yard; à paisana, vestia um terno de *tweed*.

"Está muito doente", respondi.

Olhou-me de uma maneira singularíssima. Se isso não fosse demoníaco demais, eu poderia ter imaginado, à luz fraca da bandeira da porta, que sua fisionomia estava exultante.

"Ouvi algum rumor sobre isso", disse ele.

O carro chegara e eu o deixei.

Lower Burke Street revelou-se uma fila de belas casas nos vagos limites entre Notting Hill e Kensington. Aquela diante da qual meu cocheiro parou tinha um ar de presunçosa e grave respeitabilidade com sua grade de ferro antiquada, sua pesada porta de dois batentes e seus bronzes reluzentes. Tudo estava em conformidade com um solene mordomo que apareceu emoldurado pela claridade rósea de uma luz elétrica atrás de si.

"Sim, Mr. Culverton Smith está em casa, dr. Watson! Muito bem, senhor, levarei o seu cartão."

Meu humilde nome e título não pareceram impressionar Mr. Culverton Smith. Através da porta semiaberta, ouvi uma voz aguda, petulante e penetrante.

"Quem é essa pessoa? Que quer ele? Meu Deus, Staples, quantas vezes já disse que não devo ser perturbado em minhas horas de estudo?"

Ouvi um fluxo suave de explicação tranquilizadora da parte do mordomo.

"Bem, não vou recebê-lo, Staples. Não posso ter meu trabalho interrompido assim. Não estou em casa. Diga isto. Diga-lhe para vir de manhã, se realmente precisar me ver."

Novamente o murmúrio suave.

"Bem, bem, dê-lhe este recado. Pode vir de manhã, ou não vir. Meu trabalho não deve ser estorvado."

Pensei em Holmes a se agitar em seu leito de doente e a contar os minutos, talvez, até que eu lhe levasse ajuda. Não era hora de fazer cerimônia. A vida dele dependia de minha diligência. Antes que o pesaroso mordomo tivesse transmitido seu recado, eu o empurrara e estava na sala.

Com um grito esganiçado de raiva, um homem se levantou de uma espreguiçadeira junto ao fogo. Vi uma grande face amarela, de textura áspera e gordurosa, com um pesado queixo duplo e dois olhos cinza mal-humorados e ameaçadores que me fitavam sob bastas sobrancelhas ruivas. Sobre a alta cabeça calva, coquetemente de lado, usava um pequeno barrete de veludo. O volume do crânio era enorme, mas, ao baixar os olhos, vi para meu espanto que o corpo do homem era pequeno e frágil, encurvado nos ombros e nas costas como o de alguém que tivesse sofrido de raquitismo na infância.

"Que é isto?" gritou com voz aguda, estridente. "Que significa esta invasão? Não mandei lhe dizer que o receberia amanhã de manhã?"

"Lamento", respondi, "mas o assunto não pode ser adiado. Mr. Sherlock Holmes..."

A menção do nome de meu amigo teve um efeito extraordinário sobre o homenzinho. A expressão de raiva desapareceu num instante de seu rosto. Seus traços ficaram tensos e alertas.

"Veio da parte de Holmes?" perguntou.

"Acabo de deixá-lo."

"Que me diz de Holmes? Como está ele?"

"Está desesperadamente doente. Foi por isso que vim."

O homem indicou-me uma cadeira e voltou-se para sentar-se de novo na sua. Quando o fez, pude vislumbrar seu rosto no espelho sobre o aparador. Eu teria podido jurar que vi nele um sorriso maldoso e abominável. Mas convenci-me de que devia ter sido alguma contração nervosa que eu surpreendera, porque um instante depois ele se virou para mim com genuína inquietação em seu semblante.

"Lamento muito ouvir isso", disse. "Só conheço Mr. Holmes através de certos negócios que fizemos, mas tenho profundo respeito por seus talentos e seu caráter. Ele é um cultor do crime, como eu de doenças. Para ele o bandido, para mim o micróbio. Aquelas são minhas prisões", continuou ele, apontando para uma fileira de garrafas e recipientes de vidro sobre uma mesa lateral. "Em meio a essas culturas de gelatina, alguns dos piores facínoras da natureza estão cumprindo pena agora."

"Foi em razão de seu conhecimento especial que Mr. Holmes quis que eu viesse procurá-lo. Ele o tem em alta conta e o considera o único homem em Londres capaz de ajudá-lo."

O homenzinho teve um sobressalto e o vistoso barrete escorregou, caindo no chão.

"Por quê?" perguntou. "Por que Mr. Holmes pensaria que posso ajudá-lo em sua atribulação?"

"Por causa de seu conhecimento de doenças orientais."

"Mas por que ele pensa que essa doença que contraiu é oriental?"

"Porque, numa investigação profissional, ele esteve trabalhando entre marinheiros chineses no cais."

Mr. Culverton Smith sorriu amavelmente e apanhou o barrete.

"Ah, é isso... não é?" disse. "Espero que não seja nada tão grave quanto supõe. Há quanto tempo ele está doente?"

"Há cerca de três dias."

"Está delirando?"

"Ocasionalmente."

"Ai, ai! Isso parece sério. Seria desumano não atender ao chamado dele. Aborrece-me muito qualquer interrupção de meu trabalho, dr. Watson, mas esse caso é realmente excepcional. Irei com o senhor imediatamente."

Lembrei-me da ordem de Holmes.

"Tenho um outro compromisso", respondi.

"Muito bem. Irei sozinho. Tenho o endereço de Mr. Holmes anotado. Pode estar certo de que estarei lá em no máximo meia hora."

Foi com o coração confrangido que voltei ao quarto de Holmes. Pelo que eu vira, o pior poderia ter acontecido em minha ausência. Para meu enorme alívio, ele melhorara muito no intervalo. Seu aspecto ainda estava péssimo, porém não tinha mais nenhum vestígio de delírio e falava com uma voz débil, é verdade, mas com até mais animação e clareza que de costume.

"E então, esteve com ele, Watson?"

"Estive; está vindo."

"Admirável, Watson! Admirável! Você é o melhor dos mensageiros!"

"Ele queria vir comigo."

"Isso não poderia ser, Watson. Isso seria obviamente impossível. Ele perguntou qual era o meu mal?"

"Contei-lhe sobre os chineses no East End."

"Exatamente! Bem, Watson, você fez tudo que um bom amigo teria podido fazer. Agora pode sair de cena."

"Devo esperar e ouvir a opinião dele, Holmes."

"Claro que deve. Mas tenho motivos para supor que essa opinião será muito mais franca e valiosa se ele imaginar que estamos a sós. Há espaço suficiente atrás da cabeceira da minha cama, Watson."

"Meu caro Holmes!"

"Temo que não haja alternativa, Watson. O quarto não propicia muitos esconderijos, o que é bom, já que assim é menos provável que desperte desconfiança. Mas exatamente ali, Watson, acho que seria possível." De repente ele se sentou com uma expressão de rígida atenção em seu semblante abatido. "Ouço rodas, Watson. Rápido, homem, se gosta de mim! E não saia daí, aconteça o que acontecer... aconteça o que acontecer, está ouvindo? Não fale! Não se mexa! Apenas ouça com os ouvidos bem abertos." Um instante depois seu súbito acesso de vigor passou, e sua fala autoritária, decidida, transformou-se no murmúrio indistinto de um homem semidelirante.

Do esconderijo em que fora tão rapidamente metido, ouvi os passos na escada e a porta do quarto de dormir ser aberta e fechada. Em seguida, para minha surpresa, fez-se um longo silêncio, quebrado apenas pela respiração pesada e os arquejos do doente. Pude imaginar que nosso visitante estava parado à cabeceira da cama, olhando para Holmes. Finalmente aquela estranha quietude foi quebrada.

"Holmes", ele exclamou. "Holmes!" No tom insistente de alguém que acorda uma pessoa. "Pode me ouvir, Holmes?" Ouvi um farfalhar, como se ele tivesse sacudido o enfermo rudemente pelo ombro.

"Está aqui, Mr. Smith?" sussurrou Holmes. "Eu mal ousava esperar que viesse."

O outro riu.

"Posso imaginar", disse ele. "No entanto, como vê, cá estou. Brasas vivas, Holmes... brasas vivas!"

"É muita bondade sua... muita nobreza da sua parte. Valorizo seu conhecimento especial."

Nosso visitante riu em silêncio.

"Você valoriza. É, felizmente, o único homem de Londres a fazê-lo. Sabe qual é o seu mal?"

"O mesmo", disse Holmes.

"Ah! Reconhece os sintomas?"

"Bem demais."

"Ora, eu não ficaria surpreso, Holmes, não ficaria surpreso se *fossem* os mesmos. Você está em apuros se forem. O pobre Victor era um homem morto no quarto dia – um rapaz jovem, vigoroso. Era sem dúvida muito surpreendente, como você disse, que ele tivesse contraído uma doença asiática extravagante no coração de Londres – além do mais, uma doença sobre a qual eu fizera um estudo tão especial. Coincidência singular, Holmes. Foi muita esperteza sua perceber isso, mas muito pouco caridoso sugerir que havia uma relação de causa e efeito."

"Eu sabia que você fizera aquilo."

"Ah, sabia mesmo? Bem, de todo modo não tinha como provar isso. Mas que belo papel está fazendo, espalhando denúncias sobre mim dessa maneira e depois rastejando aos meus pés para pedir ajuda quando está em apuros? Que tipo de jogo é esse... hein?"

Ouvi a respiração áspera, difícil do doente. "Dê-me água!" arquejou.

"Está muito perto do fim, meu amigo, mas não quero que vá antes de termos uma conversinha. É por isto que lhe dou água. Pronto, não a derrame! Muito bem. Consegue entender o que digo?"

Holmes gemeu.

"Faça o que puder por mim. O que passou, passou", sussurrou. "Vou esquecer o que sei... juro que vou. Cure-me e esquecerei tudo."

"Esquecerá o quê?"

"Bem, sobre a morte de Victor Savage. Praticamente acaba de admitir que foi o responsável. Vou esquecer isso."

"Pode esquecer ou lembrar, como queira. Não o vejo no banco das testemunhas. É dentro de um caixão que o vejo, meu bom Holmes, acredite em mim. Não me importa em absoluto o que possa saber sobre a morte do meu sobrinho. Não é sobre ele que estamos falando. É sobre você."

"Sim, sim."

"O sujeito que foi me procurar – esqueci o nome dele – disse que você a contraiu no East End, entre os marinheiros."

"É a única explicação que consigo encontrar."

"Você se orgulha do seu cérebro, não é, Holmes? Considera-se inteligente, não é? Desta vez encontrou alguém mais inteligente. Tente rememorar, Holmes. Não consegue pensar em outra maneira pela qual poderia ter pegado isso?"

"Não consigo pensar. Minha mente não funciona. Pelo amor de Deus, ajude-me!"

"Sim, vou ajudá-lo. Vou ajudá-lo a compreender exatamente como está e como ficou assim. Gostaria que você soubesse antes de morrer."

"Dê-me alguma coisa para aliviar minha dor."

"Sente dor, não é? Sim, os cules costumavam uivar perto do fim. São cãibras que sente, imagino."

"Sim, sim; são cãibras."

"Hmm, mal ou bem, você está conseguindo ouvir o que eu digo. Ouça agora! Consegue se lembrar de algum incidente inusitado em sua vida exatamente na época em que os sintomas começaram?"

"Não, não; nada."

"Pense de novo."

"Estou doente demais para pensar."

"Bem, vou ajudá-lo. Recebeu alguma coisa pelo correio?"

"Pelo correio?"

"Uma caixa por acaso?"

"Estou desmaiando… vou morrer!"

"Ouça, Holmes!" Ouvi um som, como se ele estivesse sacudindo o moribundo, e não pude fazer outra coisa senão continuar quieto em meu esconderijo. "Você tem de me ouvir. Você *vai* me ouvir. Lembra-se de uma caixa… uma caixa de marfim? Ela chegou quarta-feira. Você a abriu… lembra-se?"

"Sim, sim, eu a abri. Havia uma mola de ponta afiada dentro dela. Alguma brincadeira…"

"Não era brincadeira, como você vai descobrir à sua própria custa. Seu idiota, você quis isso e conseguiu. Quem lhe pediu para cruzar o meu caminho? Se tivesse me deixado em paz eu não o teria ferido."

"Eu me lembro", arquejou Holmes. "A mola! Tirou sangue. Essa caixa… essa sobre a mesa."

"Ela mesma, meu Deus! Ela poderá também deixar o quarto no meu bolso. Lá se vai seu último vestígio de prova. Mas agora você conhece a verdade, Holmes, e pode morrer sabendo que eu o matei. Você sabia demais sobre o destino de Victor Savage, por isso o fiz partilhar dele. Está muito perto do seu fim, Holmes. Vou me sentar aqui e assistir à sua morte."

A voz de Holmes se reduzira a um sussurro quase inaudível.

"Que é?" perguntou Smith. "Aumentar o gás? Ah, as sombras começam a cair, não é? Sim, vou aumentar a chama para poder vê-lo melhor." Atravessou o quarto e a luz se avivou de repente. "Há algum outro pequeno serviço que eu possa lhe prestar, meu amigo?"

"Um fósforo e um cigarro."

Quase gritei de alegria e espanto. Ele falava na sua voz natural – um pouco fraca, talvez, mas exatamente a voz que eu conhecia. Houve uma longa pausa e senti que Culverton Smith estava parado, fitando seu interlocutor num pasmo silencioso.

"Que significa isto?" Ouvi-o dizer por fim num tom seco e áspero.

"A melhor maneira de desempenhar bem um papel é vivenciá-lo", disse Holmes. "Dou-lhe minha palavra de que durante três dias não comi nem bebi nada, até que você fizesse a bondade de me dar aquele copo d'água. Mas é a falta do tabaco que me parece mais maçante. Ah, aqui *estão* alguns cigarros." Ouvi o riscar de um fósforo. "Agora está muito melhor. Ouça! Estarei ouvindo os passos de um amigo?"

Ouviram-se passos lá fora, a porta se abriu e o inspetor Morton apareceu.

"Está tudo em ordem e este é o seu homem."

O policial fez as advertências de praxe.

"Eu o prendo sob a acusação de assassinar um certo Victor Savage", concluiu.

"E poderia acrescentar pela tentativa de assassinar um certo Sherlock Holmes", observou meu amigo com uma risadinha. "Para poupar trabalho a um enfermo, inspetor, Mr. Culverton Smith fez a gentileza de emitir nosso sinal, aumentando o gás. A propósito, o prisioneiro tem no bolso direito do paletó uma caixinha que seria conveniente retirar dali. Ponha-a aqui. Ela poderá desempenhar seu papel no julgamento."

Houve um súbito corre-corre e um tumulto, seguido pelo estrépito do ferro e um grito de dor.

"Assim só vai se machucar", disse o inspetor. "Fique quieto, sim?" Ouviu-se o clique das algemas se fechando.

"Uma bela armadilha!" gritou a voz aguda e ríspida. "Isso vai levar *você* ao banco dos réus, Holmes, não eu. Ele me pediu para vir aqui tratar dele. Tive pena e vim. Agora ele vai alegar, sem dúvida, que eu disse todas as mentiras que quiser inventar para corroborar suas suspeitas insanas. Pode mentir como quiser, Holmes. Minha palavra sempre valerá tanto quanto a sua."

"Céus!" exclamou Holmes. "Tinha me esquecido totalmente dele! Meu caro Watson, devo-lhe mil desculpas. Pensar que não dei pela sua falta! Não preciso apresentá-lo a Mr. Culverton Smith pois estou informado de que se encontraram antes esta tarde. Estão com o carro de aluguel lá embaixo? Eu os seguirei quando estiver vestido, pois posso lhes ser de alguma utilidade na delegacia."

"Nunca precisei tanto disto", disse Holmes enquanto se revigorava com um copo de clarete e alguns biscoitos nos intervalos de sua toalete. "Mas, como sabe, meus hábitos são irregulares e uma proeza como esta significa menos para mim que para a maioria dos homens. Era absolutamente essencial que Mrs. Hudson realmente me acreditasse doente, já que ela deveria transmitir isso para você e você, por sua vez, para ele. Não se ofenderá, Watson? Deve compreender que entre seus muitos

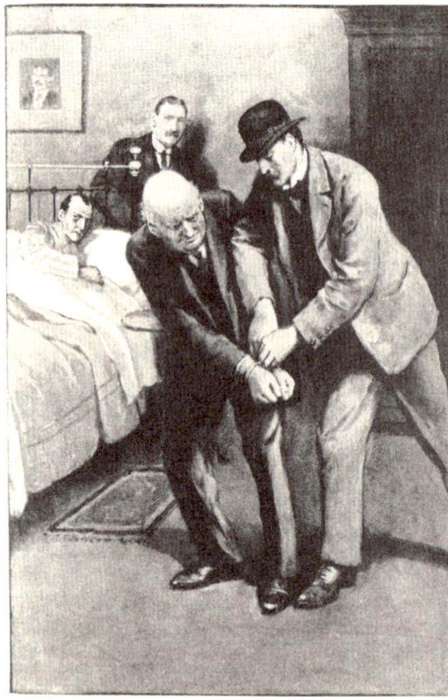

"'Assim só vai se machucar', disse o inspetor. 'Fique quieto, sim?'" [Walter Paget, *Strand Magazine*, 1913]

talentos não há lugar para a dissimulação, e que se você partilhasse meu segredo nunca teria sido capaz de transmitir a Smith a necessidade urgente de sua presença, que era o ponto vital de todo o plano. Conhecendo a natureza vingativa dele, estava plenamente convencido de que viria contemplar sua obra."

"Mas o seu aspecto, Holmes – seu rosto cadavérico?"

"Três dias de jejum absoluto não deixam ninguém mais bonito, Watson. Quanto ao resto, não há nada que uma esponja não cure. Com vaselina na testa, beladona nos olhos, ruge nas maçãs do rosto e crostas de cera de abelha nos lábios pode-se produzir um efeito muito satisfatório. A simulação de doenças é um assunto sobre o qual pensei por vezes em escrever uma monografia. Uma conversinha ocasional sobre meias coroas, ostras e outros assuntos extemporâneos produz um agradável efeito de delírio."

"Mas por que não me deixava chegar perto, já que não havia na verdade nenhuma infecção?"

"Então não sabe, meu caro Watson? Imagina que não tenho nenhum respeito por seus talentos médicos? Poderia passar pela minha cabeça que seu astuto julgamento se deixaria convencer por um moribundo que, por mais fraco que estivesse, não tinha pulsação elevada nem febre? A quatro metros, eu podia enganá-lo. Se não conseguisse, quem traria meu Smith para o meu alcance? Não, Watson, eu não tocaria nessa caixa. Você pode ver, olhando-a de lado, o lugar em que a mola de ponta afiada como o dente de uma víbora emerge quando ela é aberta. Ouso afirmar que foi com um truque desse tipo que o pobre Savage encontrou a morte, por se interpor entre esse homem e uma reversão. Mas, como você sabe, minha correspondência é variada, e estou sempre prevenido contra qualquer pacote que me chegue. Ficou claro para mim no entanto que, fingindo que ele fora realmente bem-sucedido em seu projeto, eu poderia surpreender uma confissão. Levei esse simulacro a cabo com a meticulosidade de um verdadeiro artista. Obrigado, Watson; por favor, ajude-me com o paletó. Quando eu tiver terminado na delegacia, creio que alguma coisa nutritiva no Simpson's viria a calhar."

O Desaparecimento de Lady Frances Carfax

"Mas por que turco?" perguntou Mr. Sherlock Holmes, olhando fixamente para minhas botas. Eu estava reclinado numa cadeira de encosto de bambu no momento, e meus pés estendidos haviam atraído sua sempre viva atenção.

"Inglês", respondi com certa surpresa. "Comprei este par de botas no Latimer's, em Oxford Street."

Holmes sorriu com uma expressão de enfastiada paciência.

"O banho!" disse. "O banho! Por que o relaxante e dispendioso banho turco, em vez do revigorante artigo nacional?"

"Porque nos últimos dias tenho me sentido reumático e velho. Um banho turco é o que chamamos um alterativo em medicina – um novo ponto de partida, um depurativo do sistema.

"A propósito, Holmes", acrescentei, "não tenho dúvida de que a conexão entre minhas botas e um banho turco é perfeitamente óbvia para uma mente lógica, mas mesmo assim ficaria agradecido se você me indicasse qual é."

"A cadeia de raciocínio não é muito obscura, Watson", disse Holmes, com uma piscadela maliciosa. "Pertence à mesma classe elementar de dedução que eu ilustraria se fosse lhe perguntar quem dividiu um carro de aluguel com você esta manhã."

"Não admito que uma nova ilustração seja uma explicação", disse eu, com certa aspereza.

"Bravo, Watson! Um protesto muito digno e lógico. Vejamos, quais eram os pontos? Comecemos pelo último – o carro de aluguel. Observe que você tem alguns respingos na manga esquerda e no ombro de seu paletó. Se tivesse se sentado no centro do banco de um *hansom*, provavelmente não teria respingos, e, se os tivesse, eles seriam certamente simétricos. É claro portanto que você se sentou num lado. Torna-se assim igualmente claro que teve um companheiro."

"Isso é muito evidente."

"Absurdamente banal, não é?"

"Mas e as botas e o banho?"

"Igualmente pueril. Você tem o costume de amarrar suas botas de certa maneira. Vejo-as agora amarradas com um complicado laço duplo, que você não costuma fazer. Portanto, você as descalçou. Quem as amarrou? Um sapateiro… ou o atendente no banho. É improvável que tenha sido o sapateiro, pois suas botas são quase novas. Bem, o que resta? O banho. Absurdo, não é? Mas, apesar de tudo isto, o banho turco serviu para alguma coisa."

"Para quê?"

"Você diz que o tomou porque precisava de uma mudança. Deixe-me sugerir-lhe uma. Que tal ir a Lausanne, meu caro Watson – passagens de primeira classe e todas as despesas pagas numa escala principesca?"

"Esplêndido! Mas por quê?"

Holmes reclinou-se em sua poltrona e tirou sua caderneta de notas do bolso.

"Uma das categorias mais perigosas do mundo", disse, "é a mulher errante e sem amigos. Ela é o mais inofensivo, e muitas vezes o mais útil, dos mortais, mas incita inevitavelmente o crime em outros. É impotente. É migratória. Tem recursos suficientes para ir de país em país e de hotel em hotel. Vê-se muitas vezes perdida num labirinto de pensões e hospedarias obscuras. É um frango extraviado num mundo de raposas. Quando é devorada, poucos sentem a sua falta. Tenho muito medo de que algum mal tenha acontecido a Lady Frances Carfax."

Fiquei aliviado com esta súbita passagem do geral para o particular. Holmes consultou suas anotações.

"Lady Frances", continuou, "é a única sobrevivente dos descendentes diretos do finado conde de Rufton. As propriedades foram transmitidas, como você talvez se lembre, na linha masculina. Ela ficou com recursos limitados, mas com joias de prata espanholas bastante extraordinárias e diamantes curiosamente lapidados a que era extremamente apegada – demais, porque se recusou a deixá-los com seu banqueiro e sempre os levava consigo. Uma figura bastante patética, Lady Frances, uma mulher bonita, ainda no vigor da meia-idade, e no entanto, por um estranho acaso, o último navio abandonado do que apenas vinte anos atrás era uma frota apreciável."

"Mas que aconteceu com ela?"

"Ah, que aconteceu com Lady Frances? Estará viva ou morta? Este é o nosso problema. Ela é uma senhora metódica e durante quatro anos foi seu costume invariável escrever de duas em duas semanas para Miss Dobney, sua ex-governanta, que se aposentou há muitos anos e vive em Camberwell. Foi essa Miss Dobney que me consultou. Quase cinco semanas se passaram sem uma palavra. A última carta foi do Hôtel National, em Lausanne. Ao que parece, Lady Frances saiu de lá sem deixar nenhum endereço. Os parentes estão aflitos e, como são extremamente ricos, nenhuma soma será poupada se pudermos elucidar a questão."

"Miss Dobney é a única fonte de informação? A dama devia ter outros correspondentes, não?"

"Há um correspondente que é um tiro certo, Watson. É o banco. Senhoras solteiras precisam viver e seus talões de cheques são diários condensados. O banco dela é o Silvester. Dei uma olhada em sua conta. O penúltimo cheque pagou suas despesas em Lausanne, mas era grande e provavelmente a deixou com dinheiro vivo na mão. Depois disso, só um cheque foi descontado."

"Para quem e onde?"

"Para Miss Marie Devine. Não há nada que mostre onde foi emitido. Foi descontado no Crédit Lyonnais em Montpellier menos de três semanas atrás. O valor era cinquenta libras."

"E quem é Miss Marie Devine?"

"Consegui descobrir isso também. Miss Marie Devine era a criada de Lady Frances Carfax. Por que ela lhe teria pagado esse cheque, ainda não sabemos. Não tenho dúvida, contudo, de que as suas investigações logo elucidarão o assunto."

"*Minhas* investigações!"

"Por isso a salutar expedição a Lausanne. Você sabe que não tenho a menor possibilidade de deixar Londres enquanto o velho Abrahams continuar com esse terror de perder a vida. Além disso, em princípio é melhor que eu não deixe o país. A

Scotland Yard sente-se sozinha sem mim e isso provoca um alvoroço inconveniente em meio às classes criminosas. Vá, então, meu caro Watson, e se meu humilde conselho puder valer alguma coisa ele estará à sua disposição noite e dia nesta ponta do telégrafo continental."

Dois dias depois encontrei-me no Hôtel National em Lausanne, onde fui tratado com toda cortesia por M. Moser, o conhecido gerente. Lady Frances, segundo ele me informou, havia passado várias semanas ali. Fora muito apreciada por todos que haviam entrado em contato com ela. Não tinha mais de quarenta anos. Ainda era vistosa, e tinha todos os sinais de ter sido na juventude uma mulher muito atraente. M. Moser nada sabia acerca de joias valiosas, mas os criados haviam notado que o pesado baú no quarto da senhora estava sempre escrupulosamente trancado. Marie Devine, a criada, era tão benquista quanto a patroa. Na verdade, ficara noiva de um dos chefes dos garçons do hotel e não houve dificuldade em obter o endereço dela. Era rue de Trajan nº 11, Montpellier. Anotei tudo isso, e tive a impressão de que o próprio Holmes não teria podido ser mais hábil coletando seus fatos.

Apenas um canto ainda continuava na sombra. Nenhuma luz me podia esclarecer o motivo da súbita partida da dama. Ela era muito feliz em Lausanne. Tudo indicava que pretendia permanecer durante toda a estação em seu luxuoso quarto com vista para o lago. No entanto, saíra de um dia para o outro, o que a obrigou ao inútil pagamento das diárias de uma semana. Somente Jules Vibart, o noivo da criada, tinha alguma sugestão a fazer. Ele associava a partida repentina à visita ao hotel, um ou dois dias antes, de um homem moreno e barbado. "*Un sauvage – un véritable sauvage!*"* exclamou Jules Vibart. O homem alugava quartos em algum lugar na cidade. Fora visto falando seriamente com Madame no passeio na orla do lago. Depois fora visitá-la. Ela se recusara a vê-lo. Ele era inglês, mas não havia registro do seu nome. Madame deixara o hotel imediatamente depois. Jules Vibart e, o que era mais importante, a namorada de Jules Vibart pensavam que entre essa visita e a partida da senhora havia uma relação de causa e efeito. Jules só se recusava a falar sobre uma coisa – a razão pela qual Marie deixara a patroa. Sobre isso, não podia ou não queria dizer nada. Se eu quisesse saber, deveria ir a Montpellier e perguntar a ela.

Assim terminou o primeiro capítulo de minha investigação. O segundo foi dedicado ao lugar para onde Lady Frances Carfax fora ao deixar Lausanne. Houvera algum sigilo em relação a isso, o que confirmava a ideia de que ela fora com a intenção de despistar alguém. De outro modo, por que sua bagagem não fora remetida para Baden sem subterfúgios? Tanto ela quanto suas malas chegaram à estação de águas renana por um itinerário tortuoso. Consegui saber tudo isso do gerente do escritório local da Cook. Assim, lá fui eu para Baden, após despachar para Holmes um relato de todos os meus procedimentos e receber em resposta um telegrama elogioso num tom levemente zombeteiro.

* "Um selvagem, um verdadeiro selvagem!", em francês no original.

Em Baden, não foi difícil seguir a pista de Lady Frances. Ela passara quinze dias hospedada no Englischer Hof. Enquanto estava lá, travara conhecimento com um certo dr. Shlessinger, um missionário da América do Sul, e a esposa. Como a maioria das mulheres solitárias, Lady Frances encontrava conforto e ocupação na religião. A personalidade extraordinária do dr. Shlessinger, sua sincera devoção e o fato de que estava se recuperando de uma doença contraída no exercício de suas atividades apostólicas a impressionaram profundamente. Ela ajudara Mrs. Shlessinger na enfermagem do santo convalescente. Ele passava o dia, como o gerente me descreveu, numa espreguiçadeira na varanda, com uma acompanhante de cada lado. Estava elaborando um mapa da Terra Santa com especial referência ao reino dos midianitas, sobre o qual escrevia uma monografia. Finalmente, tendo sua saúde melhorado muito, ele e a mulher haviam retornado para Londres; Lady Frances seguira para lá na companhia deles. Isso ocorrera apenas três semanas antes e o gerente não soubera de mais nada desde então. Quanto à criada Marie, fora embora alguns dias antes em meio a uma torrente de lágrimas, depois de informar às outras criadas que estava deixando o serviço para sempre. O dr. Shlessinger pagara a conta de todo o grupo antes de partir.

"A propósito", arrematou o gerente, "o senhor não é o único amigo de Lady Frances Carfax a pedir notícias dela. Há cerca de mais ou menos uma semana tivemos um homem aqui interessado na mesma coisa."

"Ele deu um nome?" perguntei.

"Nenhum; mas era um inglês, embora de um tipo inusitado."

"Um selvagem?" perguntei, associando meus fatos, à maneira de meu ilustre amigo.

"Exatamente. Isso o descreve muito bem. É um sujeito corpulento, barbado, queimado de sol, que dá a impressão de que estaria mais à vontade numa estalagem rural que num hotel elegante. Um homem duro, passional, eu diria, a quem eu certamente evitaria ofender."

O mistério já começava a se definir, assim como vultos se tornam mais nítidos quando um nevoeiro se dissipa. Ali estava aquela boa e piedosa senhora perseguida de lugar em lugar por uma figura sinistra e implacável. Ela o temia, ou não teria fugido de Lausanne. Ele continuara a segui-la. Mais cedo ou mais tarde a alcançaria. Quem sabe já a alcançara? Seria *esse* o segredo do silêncio em que persistia? Não teriam as boas pessoas que a acompanhavam conseguido protegê-la contra a violência ou a chantagem dele? Que intenção horrível, que plano obscuro estavam por trás daquela longa perseguição? Aí residia o problema que eu devia resolver.

Escrevi para Holmes mostrando com que rapidez e certeza eu havia chegado às raízes da questão. Sua resposta foi um telegrama pedindo uma descrição da orelha esquerda do dr. Shlessinger. Como a ideia de humor de Holmes é estranha e eventualmente ofensiva, não dei atenção à piada extemporânea – de fato, antes de receber sua mensagem eu já havia chegado a Montpellier à procura da criada Marie.

Não tive dificuldade em encontrar a ex-criada e me inteirar de tudo que ela podia me contar. Era uma criatura dedicada, que só deixara a patroa por ter certeza de que ela estava em boas mãos, e porque a aproximação de seu próprio casamento tornaria a separação inevitável de qualquer maneira. Sua patroa, como confessou com pesar, mostrara-se um tanto irritadiça com ela durante a permanência em Baden, tendo até chegado a interrogá-la uma vez, como se desconfiasse de sua honestidade, o que tornara sua partida mais fácil do que teria sido em outras circunstâncias. Lady Frances lhe dera cinquenta libras como presente de casamento. Como eu, Marie via com profundas suspeitas o estranho que levara sua patroa a deixar Lausanne. Vira com seus próprios olhos ele agarrar o punho da senhora com grande violência no passeio público junto ao lago. Era um homem violento e terrível. Ela acreditava que fora por pavor dele que a patroa havia aceitado a companhia dos Shlessinger na viagem para Londres. Embora a patroa nunca tivesse lhe falado sobre isso, muitos pequenos sinais haviam convencido Marie de que ela vivia num permanente estado de apreensão nervosa. A ex-criada havia chegado a este ponto em sua narrativa quando de repente deu um pulo da cadeira e seu rosto ficou convulsionado de surpresa e medo. "Veja!" gritou. "O canalha continua me seguindo! Ali está o próprio homem de quem falo."

Pela janela aberta da sala de estar, vi um homem enorme, moreno, com uma barba preta eriçada caminhando lentamente pelo centro da rua e olhando com agudo interesse os números das casas. Estava claro que, como eu, ele estava no rastro da criada. Movido pelo impulso do momento, saí correndo e abordei-o.

"O senhor é inglês", disse eu.

"E se for?" retrucou ele, fechando a cara.

"Posso perguntar qual é o seu nome?"

"Não, não pode", disse com decisão.

A situação estava embaraçosa, mas as maneiras mais diretas são com frequência as melhores.

"Onde está Lady Frances Carfax?" perguntei.

Ele me olhou espantado.

"Que fez com ela? Por que a perseguiu? Insisto numa resposta", continuei.

O sujeito deu um berro de raiva e saltou sobre mim como um tigre. Já me saí razoavelmente em muitas lutas, mas o homem tinha garras de aço e a fúria de um demônio. Sua mão estava no meu pescoço e eu quase perdera os sentidos quando um *ouvrier** francês de blusão azul saiu na disparada de um *cabaret* em frente, um porrete na mão, e golpeou meu agressor com força no antebraço, forçando-o a me soltar. Por um instante, num assomo de fúria, ele ficou sem saber se não deveria renovar o ataque. Depois, com um rosnado de ira, deixou-me e entrou no chalé de onde eu acabara de sair. Virei-me para agradecer ao meu salvador, que se mantinha ao meu lado na rua.

"Bem, Watson", disse ele, "que bela confusão você aprontou! Acho até que o melhor seria você voltar comigo para Londres no expresso noturno."

Uma hora depois, Sherlock Holmes, com o traje e o estilo costumeiros, estava sentado em meu quarto no hotel. A explicação que deu para sua súbita e oportuna aparição era a própria simplicidade: constatando que podia sair de Londres,

* "Operário", em francês no original.

"O sujeito deu um berro de raiva e saltou sobre mim como um tigre."
[Alec Ball, *Strand Magazine*, 1911]

decidiu ir a meu encontro na próxima e óbvia etapa de minhas viagens. Disfarçado de operário, sentara-se no *cabaret* esperando que eu aparecesse.

"E você fez uma investigação de singular coerência, meu caro Watson", disse ele. "Não consigo me lembrar no momento de uma possível tolice que você tenha deixado de cometer. O efeito total de seus procedimentos foi dar o alarme em toda parte e, apesar disso, não descobrir coisa alguma."

"Talvez você não tivesse feito nada melhor", respondi com irritação.

"Não há 'talvez' nessa história. Eu *fiz* melhor. Aqui está o Hon. Philip Green, que, como você, é um hóspede deste hotel; podemos encontrar nele o ponto de partida para uma investigação mais bem-sucedida."

Chegara um cartão numa salva e atrás dele veio o mesmo bandido que me atacara na rua. Teve um sobressalto quando me viu.

"Que é isto, Mr. Holmes?" perguntou ele. "Recebi seu bilhete e vim. Mas que tem esse homem a ver com o assunto?"

"Este é o meu velho amigo e companheiro, dr. Watson, que está me ajudando neste caso."

O estranho estendeu uma mão enorme, queimada de sol, com algumas palavras de desculpa.

"Espero não o ter machucado. Quando me acusou de fazer mal a ela, fiquei fora de mim. Na verdade, não respondo pelos meus atos nestes últimos dias. Meus nervos estão à flor da pele. Mas esta situação escapa à minha compreensão. O que quero saber em primeiro lugar, Mr. Holmes, é como diabos o senhor ficou sabendo da minha existência."

"Estou em contato com Miss Dobney, a governanta de Lady Frances."

"A velha Susan Dobney com sua touca! Lembro-me muito bem dela."

"E ela se lembra do senhor. Isso foi antes... antes que lhe parecesse melhor ir para a África do Sul."

"Ah, vejo que sabe toda a minha história. Não preciso lhe esconder nada. Juro-lhe, Mr. Holmes, que nunca neste mundo um homem sentiu por uma mulher um amor mais sincero que o meu por Frances. Eu era um jovem dissoluto, eu sei – não pior que outros da minha classe. Mas o espírito dela era puro como a neve. Não podia tolerar uma sombra de grosseria. Assim, quando soube de coisas que eu tinha feito, não quis mais falar comigo. No entanto ela me amava – isso é o espantoso! –, me amava o bastante para continuar solteira pelo resto de seus dias somente por minha causa. Passaram-se muitos anos, fiz fortuna em Barberton e pensei então que talvez pudesse procurá-la e abrandá-la. Ouvira falar que continuava solteira. Encontrei-a em Lausanne e tentei tudo o que pude. Ela fraquejou, penso eu, mas sua vontade era forte, e quando voltei a procurá-la, havia deixado a cidade. Segui-a até Baden e depois de algum tempo fiquei sabendo que a criada dela estava aqui. Sou um sujeito rude, egresso de uma vida rude, e quando o dr. Watson falou comigo daquela maneira, descontrolei-me por um momento. Mas, pelo amor de Deus, digam-me o que foi feito de Lady Frances."

"Isso é o que nos cabe descobrir", disse Sherlock Holmes com peculiar gravidade. "Qual é seu endereço em Londres, Mr. Green?"

"O Langham Hotel saberá me localizar."

"Posso então lhe recomendar que volte para lá e esteja disponível, caso eu tenha necessidade do senhor? Não tenho nenhum desejo de encorajar falsas esperanças, mas pode ficar certo de que tudo que puder ser feito em prol da segurança de

Lady Frances será feito. Não posso dizer mais no momento. Deixo-lhe este cartão, para que possa se manter em contato conosco. Agora, Watson, se quiser fazer a sua mala vou telegrafar para Mrs. Hudson pedindo que faça seus melhores esforços por dois viajantes que chegarão famintos amanhã às sete e meia."

UM TELEGRAMA NOS ESPERAVA quando chegamos aos nossos aposentos de Baker Street; após lê-lo com uma exclamação de interesse, Holmes jogou-o para mim. "Mordida ou arrancada", dizia a mensagem, que vinha de Baden.

"Que é isto?" perguntei.

"É tudo", respondeu Holmes. "Talvez se lembre de que fiz uma pergunta aparentemente irrelevante acerca da orelha desse clérigo. Você não a respondeu."

"Eu deixara Baden e não pude investigar."

"Exatamente. Por essa razão, mandei um telegrama do mesmo teor ao gerente do Englischer Hof, cuja resposta está aqui."

"Que mostra ela?"

"Mostra, meu caro Watson, que estamos lidando com um homem excepcionalmente astuto e perigoso. O rev. dr. Shlessinger, missionário vindo da África do Sul, não é outro senão Holy Peters, um dos mais inescrupulosos patifes que a Austrália jamais produziu – e, para um país jovem, ela já exibiu alguns tipos muito rematados. Sua especialidade particular é enganar senhoras solitárias tirando partido de seus sentimentos religiosos, e sua pretensa mulher, uma inglesa chamada Fraser, é uma companheira digna dele. A natureza de suas táticas sugeriu-me sua identidade, e essa peculiaridade física – ele foi brutalmente mordido numa briga de bar em Adelaide em 1889 – confirmou minhas suspeitas. Essa pobre senhora está nas mãos do mais infernal casal, que não se deixará deter por coisa alguma, Watson. Que já esteja morta é uma suposição muito provável. Se não, está sem dúvida em algum tipo de confinamento e sem condições de escrever para Miss Dobney ou seus outros amigos. É sempre possível que jamais tenha chegado a Londres, ou que já tenha deixado a cidade, mas a primeira hipótese é improvável, pois, com seu sistema de registro, não é fácil para estrangeiros burlar a polícia do Continente; e a segunda é igualmente improvável, pois esses velhacos não poderiam encontrar outro lugar onde fosse mais fácil manter uma pessoa confinada. Todos os meus instintos me dizem que ela está em Londres, mas, como não temos no momento nenhum meio de saber onde, só podemos dar os passos óbvios, jantar e ter paciência. Mais tarde vou dar um passeio e ter uma conversinha com o amigo Lestrade na Scotland Yard."

Mas nem a polícia oficial, nem a organização pequena, mas muito eficiente, de Holmes foi suficiente para desvendar o mistério. Entre os milhões amontoados em Londres, as três pessoas que procurávamos estavam tão completamente obliteradas como se nunca tivessem existido. Anúncios foram tentados e falharam. Pistas foram seguidas e não levaram a nada. Todos os antros de criminosos que Shlessinger poderia frequentar foram vasculhados em vão. Seus ex-comparsas foram vigiados, mas mantinham-se longe dele. Foi então que de repente, após uma semana de suspense impotente, surgiu um lampejo. Um pingente de prata e brilhantes de estilo espanhol antigo havia sido penhorado na Bevington, em Westminster Road. O sujeito que fizera o penhor era um homem grande, escanhoado, de aparência clerical. Seu nome e endereço eram claramente falsos. A orelha escapara à atenção, mas a descrição era certamente a de Shlessinger.

Nosso amigo barbado do Langham aparecera três vezes para pedir notícias – a terceira, menos de uma hora depois desse novo desdobramento. Suas roupas estavam ficando largas em seu corpanzil. Parecia estar definhando de ansiedade. "Se pelo menos os senhores me dessem alguma coisa para fazer!" era seu lamento constante. Finalmente Holmes pôde satisfazê-lo.

"Ele começou a empenhar as joias. Agora vamos pegá-lo."

"Mas isso significa que aconteceu algum mal a Lady Frances?"

Holmes sacudiu a cabeça muito gravemente.

"Supondo que a mantiveram como sua prisioneira até agora, é claro que não podem libertá-la sem provocar a própria destruição. Devemos estar preparados para o pior."

"Que posso fazer?"

"Essas pessoas não o conhecem de vista?"

"Não."

"É possível que ele vá a alguma outra loja de penhores no futuro. Nesse caso, teremos de começar de novo. Por outro lado, ele obteve um preço bastante satisfatório e nenhuma pergunta lhe foi feita na Bevington; assim, se precisar de dinheiro vivo de uma hora para outra, provavelmente voltará lá. Vou lhe dar um bilhete para eles e o deixarão esperar dentro da loja. Se o sujeito aparecer, siga-o até em casa. Mas sem nenhuma indiscrição e, acima de tudo, nenhuma violência. Prometa-me que não dará um só passo sem meu conhecimento e consentimento."

Durante dois dias o Hon. Philip Green (ele era, posso mencionar, filho do famoso almirante de mesmo nome que comandou a frota do mar de Azov, na Guerra da Crimeia) não nos levou nenhuma novidade. Na tarde do terceiro, irrompeu na nossa sala de estar, pálido, trêmulo e com todos os músculos de sua vigorosa constituição palpitando de excitação.

"Nós o pegamos! Nós o pegamos!" gritava.

Estava incoerente em sua agitação. Holmes acalmou-o com algumas palavras e o forçou a se sentar numa poltrona.

"Vamos, agora conte-nos os fatos pela ordem", disse.

"Ela chegou apenas uma hora atrás. Foi a esposa, desta vez, mas o pingente que trouxe era o par do outro. É uma mulher alta, pálida, com olhos de doninha."

"Essa é a dama", disse Holmes.

"Quando ela saiu da loja, eu a segui. Ela subiu a Kennington Road e me mantive atrás dela. Depois entrou numa loja. Era uma agência funerária, Mr. Holmes."

Meu companheiro teve um sobressalto. "E então?" perguntou, com aquela voz vibrante que revelava a alma impetuosa por trás do semblante frio e taciturno.

"Ela conversou com a mulher atrás do balcão. Entrei também. 'Está atrasado', eu a ouvi dizer, ou alguma coisa parecida.

"'Nós o pegamos! Nós o pegamos!' gritava."
[Alec Ball, *Strand Magazine*, 1911]

A mulher se desculpou. 'Já devia ter chegado lá', disse. 'Levou mais tempo por ser fora do comum.' Como as duas pararam e olharam para mim, fiz uma pergunta qualquer e saí."

"Conduziu-se de maneira excelente. Que aconteceu em seguida?"

"Quando a mulher saiu, escondi-me num portal. Creio que suas desconfianças haviam sido despertadas, pois olhou em volta. Em seguida chamou um carro de aluguel e entrou. Por sorte, consegui pegar um outro e segui-la. Ela saltou finalmente em frente ao número 36 de Poultney Square, em Brixton. Segui adiante, deixei meu carro na esquina da praça e me pus a vigiar a casa."

"Viu alguém?"

"Todas as janelas estavam escuras, com exceção de uma no pavimento inferior. A persiana estava abaixada e não pude ver o interior. Quando eu estava lá parado, pensando no que faria em seguida, um furgão fechado se aproximou, com dois homens dentro. Eles desceram, tiraram alguma coisa do veículo e carregaram-na degraus acima até a porta de entrada. Era um caixão, Mr. Holmes."

"Ah!"

"Por um instante estive a ponto de correr lá dentro. A porta foi aberta para dar passagem aos homens com sua carga. Foi a mulher que a abriu. Mas ela me entreviu ali parado e creio que me reconheceu. Vi que teve um sobressalto, e fechou a porta rapidamente. Lembrei-me do que lhe prometera e aqui estou."

"Fez um excelente trabalho", disse Holmes, rabiscando algumas palavras numa meia folha de papel. "Não podemos fazer nada legalmente sem um mandado, e o que o senhor pode fazer de melhor para servir à causa é levar este bilhete às autoridades e conseguir um. Talvez haja alguma dificuldade, mas tenho a impressão de que a venda das joias deve ser suficiente. Lestrade cuidará de todos os detalhes."

"Mas nesse ínterim eles podem assassiná-la. Que poderia significar o caixão, e para quem poderia se destinar, senão a ela?"

"Faremos tudo que puder ser feito, Mr. Green. Nem um momento será perdido. Deixe o caso em nossas mãos. Agora,

Watson", acrescentou ele quando nosso cliente saiu apressado, "ele porá as forças regulares em ação. Somos, como de costume, os irregulares, e devemos adotar nossa própria linha de ação. A situação me parece tão desesperada que as medidas mais extremas se justificam. Vamos para Poultney Square sem perder um minuto.

"Tentemos reconstituir a situação", disse ele quando passávamos rapidamente de carro pelas Casas do Parlamento e cruzávamos Westminster Bridge. "Esses bandidos induziram essa pobre senhora a vir para Londres, tendo antes tratado de separá-la de sua fiel criada. As cartas que ela possa ter escrito foram interceptadas. Por intermédio de algum cúmplice, eles alugaram uma casa mobiliada. Uma vez lá dentro, fizeram-na prisioneira e apossaram-se das joias valiosas que haviam estado na sua mira desde o início. Já começaram a vender parte delas, o que lhes parece bastante seguro, uma vez que não têm nenhum motivo para pensar que alguém esteja interessado no destino dessa senhora. Se fosse libertada, ela os denunciaria, é claro. Portanto, não deve ser libertada. Mas como eles não podem mantê-la trancafiada para sempre, a única solução que lhes resta é matá-la."

"Isso parece muito claro."

"Agora tomemos outra linha de raciocínio. Quando seguimos duas cadeias diferentes de pensamento, Watson, encontramos um ponto de interseção que deve estar próximo da verdade. Vamos começar agora não pela senhora, mas pelo caixão, e raciocinar daí para trás. Temo que aquele incidente prove, indubitavelmente, que a senhora está morta.

Ele aponta também para um enterro convencional, devidamente acompanhado por atestado de óbito e autorização oficial. Se a dama tivesse sido obviamente assassinada, eles a teriam enterrado num buraco no quintal. Mas aqui tudo é aberto e regular. Que significa isso? Certamente que a fizeram morrer de alguma maneira que enganou o médico e simulou um fim natural – envenenamento, talvez. No entanto, é muito estranho que tenham deixado um médico se aproximar dela, a menos que ele fosse um cúmplice, hipótese muito pouco verossímil."

"Quem sabe teriam falsificado uma certidão de óbito?"

"Perigoso, Watson, muito perigoso. Não, não os imagino fazendo isso. Pare, cocheiro! Esta é evidentemente a agência funerária, pois acabamos de passar pela loja de penhores. Poderia entrar, Watson? Seu aspecto inspira confiança. Pergunte a que horas será o funeral de Poultney Square amanhã."

A mulher na agência respondeu-me sem hesitação que deveria ser às oito horas da manhã. "Como vê, Watson, nenhum mistério; tudo às claras! Não há dúvida de que, de uma maneira ou de outra, as formalidades legais foram cumpridas e eles pensam que têm pouco a temer. Bem, não nos resta senão partir para um ataque frontal direto. Está armado?"

"Minha bengala!"

"Bem, bem, seremos fortes o bastante. 'Três vezes está armado aquele que luta com razão.' Simplesmente não podemos nos dar ao luxo de esperar a polícia ou de nos manter dentro dos limites da lei. Pode seguir, cocheiro. Agora, Watson, arrisquemos a sorte juntos, como fizemos às vezes no passado."

Ele havia tocado com força a campainha de uma casa grande e escura no centro de Poultney Square. A porta foi aberta imediatamente, e a figura de uma mulher alta delineou-se contra a luz fraca do vestíbulo.

"Que querem os senhores?" perguntou ela com aspereza, tentando nos enxergar na obscuridade.

"Quero falar com o dr. Shlessinger", disse Holmes.

"Não há ninguém aqui com esse nome", respondeu ela; em seguida tentou fechar a porta, mas Holmes a obstruíra com o pé.

"Bem, desejo ver o homem que mora aqui, seja qual for o nome dele", disse Holmes com firmeza.

Ela hesitou. Depois abriu a porta. "Bem, entrem!" disse. "Meu marido não tem medo de enfrentar nenhum homem neste mundo." Fechou a porta atrás de nós e nos introduziu numa sala de estar à direita do vestíbulo, ligando a lâmpada a gás ao nos deixar. "Mr. Peters estará com os senhores num instante", disse.

Suas palavras foram literalmente verdadeiras, pois mal tivemos tempo de passar os olhos pela sala decrépita e empoeirada em que nos encontrávamos antes que a porta se abrisse e um homem grande, escanhoado e calvo entrasse lepidamente. Tinha uma cara grande e vermelha, com bochechas pendentes e uma aparência geral de benevolência superficial que uma boca perversa desmentia.

"Há certamente algum engano aqui, cavalheiros", disse ele numa voz untuosa e subserviente. "Suponho que vieram ao endereço errado. Possivelmente se tentassem mais abaixo, na rua..."

"Basta; não temos tempo a perder", disse meu companheiro com firmeza. "Você é Henry Peters, de Adelaide, até recentemente rev. dr. Shlessinger, de Baden e da América do Sul. Tenho tanta certeza disso como de que meu nome é Sherlock Holmes."

Peters, como passarei a chamá-lo, teve um sobressalto e fitou firmemente seu temível perseguidor. "Seu nome não me assusta, Mr. Holmes", disse friamente. "Quando a consciência de um homem está tranquila, o senhor não pode perturbá-lo. Que veio fazer na minha casa?"

"Quero saber o que fez com Lady Frances Carfax, que trouxe consigo de Baden."

"Ficaria muito satisfeito se pudesse me dizer onde essa senhora pode estar", respondeu Peters friamente. "Ela me deve quase cem libras e só me deu em troca um par de pingentes falsos que um comerciante mal olharia. Ela se ligou a Mrs. Peters e a mim em Baden (é verdade que eu estava usando um outro nome na época), e não desgrudou de nós até voltarmos para Londres. Paguei a conta e a passagem dela. Uma vez em Londres, escapuliu e, como estou dizendo, deixou essas joias fora de moda para pagar suas contas. Encontre-a, Mr. Holmes, e eu lhe serei muito grato."

"Estou *decidido* a encontrá-la", disse Sherlock Holmes. "Vou revistar esta casa até encontrá-la."

"Onde está o seu mandado?"

Holmes puxou parte de um revólver do bolso. "Isto servirá até que chegue um melhor."

"Ora, o senhor é um assaltante comum."

"Pode me chamar assim", disse Holmes jovialmente. "Meu companheiro também é um bandido perigoso. Juntos vamos revistar a sua casa."

Nosso adversário abriu a porta.

"Vá buscar um policial, Annie!" disse. Houve um rápido movimento de saias femininas pelo vestíbulo e a porta da frente foi aberta e fechada.

"Nosso tempo é limitado, Watson", disse Holmes. "Se você tentar nos deter, Peters, com toda certeza vai se machucar. Ondc cstá aquele caixão que foi trazido para a sua casa?"

"Que quer com o caixão? Está ocupado. Há um corpo nele."

"Preciso ver esse corpo."

"Nunca com o meu consentimento."

"Então sem ele." Com um movimento rápido, Holmes empurrou o sujeito para um lado e passou para o vestíbulo. Encontramos uma porta semiaberta imediatamente diante de nós. Entramos. Era a sala de jantar. Em cima da mesa, sob um lustre semiaceso, via-se o caixão. Holmes aumentou o gás e levantou a tampa. Mergulhada nos recessos do caixão, jazia uma figura emaciada. O clarão das lâmpadas acima incidiu sobre um rosto idoso e murcho. Por nenhum processo possível de crueldade, inanição ou doença poderia a ainda bela Lady Frances ter sido transformada naquela ruína. O semblante de Holmes mostrou seu espanto e também seu alívio.

"Graças a Deus!" murmurou. "É outra pessoa."

"Ah, desta vez enganou-se redondamente, Mr. Sherlock Holmes", disse Peters, que entrara na sala de jantar atrás de nós.

"Quem é essa mulher morta?"

"Bem, se realmente precisa saber, é uma velha ama de minha mulher, chamada Rose Spender, que encontramos na Enfermaria do Asilo de Brixton. Nós a trouxemos para cá, chamamos o dr. Horsom, de Firbank Villas nº 13 – caso queira anotar o endereço, Mr. Holmes –, e lhe proporcionamos um cuidadoso atendimento, como bons cristãos que somos. No terceiro dia ela morreu – o atestado de óbito fala de deterioração senil, mas essa é apenas a opinião do médico e, é claro, o senhor sabe mais. Confiamos a realização do funeral a Stimson & Co., de Kennington Road, que a enterrará amanhã às oito horas. Alguma coisa errada nisso, Mr. Holmes? O senhor cometeu um erro tolo, confesse. Eu pagaria para ter uma fotografia da sua cara estupefata, de olhos arregalados, quando removeu aquela tampa esperando ver Lady Frances Carfax e só encontrou uma pobre nonagenária."

A expressão de Holmes continuou impassível como sempre sob a zombaria de seu antagonista, mas suas mãos cerradas traíam sua aguda irritação.

"Vou revistar a casa", disse.

"Vai mesmo?" exclamou Peters, quando uma voz de mulher e passos pesados soaram no vestíbulo. "Veremos isto já, já. Por aqui, senhores, por favor. Estes homens entraram na minha casa à força e não consigo me livrar deles. Ajudem-me a pô-los para fora."

Um sargento e um guarda estavam parados no vão da porta. Holmes tirou seu cartão do estojo.

"Aqui estão meu nome e endereço. Este é meu amigo, o dr. Watson."

"Que Deus o abençoe, senhor, nós o conhecemos muito bem", disse o sargento, "mas não pode ficar aqui sem um mandado."

"Claro que não. Compreendo perfeitamente."

"Prendam-no!" exclamou Peters.

"Sabemos onde encontrar este cavalheiro se precisarmos dele", disse o sargento solenemente, "mas tem de sair, Mr. Holmes."

"Sim, Watson, temos de sair."

Um minuto depois estávamos de novo na rua. Holmes estava frio como sempre, mas eu fervia de raiva e humilhação. O sargento nos seguira.

"Sinto muito, Mr. Holmes, mas é a lei."

"Exatamente, sargento, o senhor não poderia fazer outra coisa."

"Suponho que houvesse uma boa razão para a presença dos senhores lá. Se houver alguma coisa que eu possa fazer..."

"É uma senhora desaparecida, sargento, e pensamos que ela está naquela casa. Espero um mandado a qualquer instante."

"Nesse caso vou ficar de olho naqueles dois. Se acontecer alguma coisa eu lhe aviso."

Eram apenas nove horas e partimos imediatamente no rastro das novas pistas. Primeiro pegamos um carro para a Enfermaria do Asilo de Brixton, onde verificamos que era de fato verdade que lá estivera alguns dias antes um casal caridoso, que dissera reconhecer uma velha senil como sua ex-criada e obtido permissão para levá-la consigo. Não expressaram surpresa alguma à notícia de que ela morrera.

Nossa meta seguinte foi o médico. Ele fora chamado, encontrara a mulher morrendo de pura senilidade, havia de fato assistido ao seu falecimento e assinara o atestado de óbito segundo todas as formalidades. "Asseguro-lhes que tudo foi perfeitamente normal e não havia lugar para desonestidade no caso", disse ele. Nada na casa lhe era suspeito, exceto que, para pessoas de sua classe, parecia estranho que não tivessem nenhum criado. Foi só o que o médico pôde nos dizer.

Finalmente rumamos para a Scotland Yard. Haviam surgido dificuldades burocráticas em relação ao mandado. Certa demora era inevitável. A assinatura do juiz só poderia ser obtida na manhã seguinte. Se Holmes pudesse comparecer lá às nove horas, poderia ir com Lestrade e vê-lo ser acionado. Assim terminou o dia, a não ser porque, perto da meia-noite, nosso amigo, o sargento, apareceu para nos dizer que vira luzes tremulando aqui e ali na grande casa escura, mas que ninguém saíra dela e ninguém entrara. Só nos restava ter paciência e esperar o dia seguinte.

Sherlock Holmes estava irritado demais para conversar e desassossegado demais. Deixei-o fumando muito, as pesadas e escuras sobrancelhas contraídas, os dedos compridos e nervosos tamborilando sobre os braços de sua poltrona, enquanto revolvia na mente todas as soluções possíveis para o mistério. Várias vezes no curso da noite eu o ouvi andando a esmo pela casa. Por fim, pouco depois que eu acordara de manhã, ele irrompeu no meu quarto. Vestia seu roupão, mas seu rosto pálido, de olhos fundos, me disse que passara a noite em claro.

"A que horas era o funeral? Às oito, não é?" perguntou aflito. "Bem, são sete e vinte agora. Céus, Watson, que foi feito dos miolos que Deus me deu? Rápido, homem, rápido! É uma questão de vida ou morte! – cem chances de morte contra uma de vida. Nunca me perdoarei, nunca, se chegarmos tarde demais!"

Nem cinco minutos depois, descíamos Baker Street a toda num *hansom*. Mesmo assim, eram vinte e cinco para as oito quando passamos pelo Big Ben e soavam oito horas quando descíamos pela Brixton Road. Mas outros estavam tão atrasados quanto nós. Dez minutos depois da hora, o carro fúnebre ainda esperava na porta da casa e no instante em que nosso cavalo parou, espumando, o caixão, carregado por três homens, apareceu na soleira. Holmes avançou correndo e barrou-lhes o caminho.

"Levem-no de volta!" gritou, pondo a mão no peito do que ia à frente. "Levem-no de volta imediatamente!"

"Que diabo está querendo? Mais uma vez eu lhe pergunto, onde está o seu mandado?" gritou o furioso Peters, a grande cara vermelha brilhando sobre a outra ponta do caixão.

"O mandado está a caminho. Este caixão deve ficar na casa até que ele chegue."

A autoridade presente na voz de Holmes surtiu efeito sobre os carregadores. Peters entrara de repente na casa, e eles obedeceram a essas novas ordens. "Rápido, Watson, rápido! Aqui está uma chave de fenda!" gritou ele quando o caixão foi posto novamente sobre a mesa. "Aqui está para você, meu rapaz! Um soberano se esta tampa sair num minuto! Não faça pergun-

"Holmes avançou correndo e barrou-lhes o caminho."
[Alec Ball, *Strand Magazine*, 1911]

tas – trabalhe! Muito bem, mais uma! E outra! Agora vamos puxar todos juntos! Está saindo! Está saindo! Ah, finalmente!"

Com um esforço conjunto, arrancamos a tampa do caixão. Assim que o fizemos, veio do interior um odor estupefaciente e esmagador de clorofórmio. Lá dentro estava um corpo, a cabeça toda enrolada em algodão em rama embebido do narcótico. Holmes arrancou-o e revelou o rosto nobre de uma mulher de meia-idade bela e espiritual. Num instante ele passou o braço em volta do corpo e a pôs sentada.

"Ela partiu, Watson? Sobrou uma centelha? Não podemos ter chegado tarde demais!"

Durante meia hora pareceu que fora assim. Fosse por real asfixia, ou por causa das emanações venenosas do clorofórmio, Lady Frances parecia não poder mais ser chamada de volta. Depois, finalmente, com respiração artificial, com éter injetado, com todos os expedientes que a ciência podia sugerir, uma palpitação de vida, um tremor das pálpebras, o leve embaçamento de um espelho falaram de uma vida que retornava lentamente. Um carro de aluguel parara à porta e Holmes foi olhar, separando as lâminas da persiana. "Lestrade chegou com o mandado", disse. "Verá que suas aves voaram. E aqui está", acrescentou, quando se ouviram passos pesados correndo pelo vestíbulo, "alguém que tem mais direitos a servir de enfermeiro para esta senhora que nós. Bom dia, Mr. Green; creio que quanto mais cedo pudermos tirar Lady Frances daqui, melhor. Nesse meiotempo o enterro pode prosseguir, e a pobre velha que ainda jaz nesse caixão pode ir sozinha para o descanso eterno."

"CASO LHE INTERESSE ACRESCENTAR este caso aos seus anais, meu caro Watson", disse Holmes aquela noite, "só o pode fazer como um exemplo daquele eclipse temporário a que até a mente mais bem-equilibrada pode estar sujeita. Lapsos como esse são comuns a todos os mortais, e o maior é aquele que é capaz de reconhecê-los e repará-los. Este último mérito eu posso talvez reivindicar. Minha noite foi assombrada pelo pensamento de que em algum lugar uma pista, uma observação curiosa, havia me chamado a atenção e sido descartada depressa demais. Depois, subitamente, mal raiava o dia, as palavras me voltaram.

Foi a observação da mulher do agente funerário, tal como relatada por Philip Green. Ela dissera: 'Já devia ter chegado lá. Levou mais tempo por ser fora do comum.' Era do caixão que ela falava. Tinha sido fora do comum. Isso só podia significar que fora feito segundo medidas especiais. Mas por quê? Por quê? Então, num instante, lembrei dos lados profundos e da figurinha consumida no fundo. Por que um caixão tão grande para um corpo tão pequeno? Para deixar espaço para outro corpo. Ambos seriam enterrados com um único atestado de óbito. Fora tudo tão claro, se ao menos minha visão não estivesse turva. Lady Frances seria enterrada às oito horas. Nossa única chance era deter o caixão antes que ele deixasse a casa.

"Tínhamos uma chance ínfima de encontrá-la viva, mas *tínhamos* uma chance, como o resultado mostrou. Essas pessoas, pelo que sei, nunca haviam cometido um assassinato. Era possível que se esquivassem da violência real no último instante. Poderiam enterrá-la sem nenhum sinal de como encontrara seu fim, e mesmo que ela fosse exumada lhes restaria uma chance. Tive esperança de que considerações desse tipo os tivessem influenciado. Você pode reconstituir a cena bastante bem. Você viu o horrível cubículo no alto da casa onde a pobre senhora foi mantida por tanto tempo. Eles entraram lá de repente, fizeram-na dormir com seu clorofórmio, carregaram-na para baixo, derramaram mais no caixão para impedir que acordasse e aparafusaram a tampa. Um perspicaz estratagema, Watson. É novidade para mim nos anais do crime. Se nossos amigos ex-missionários escaparem das garras de Lestrade, vou esperar ter notícia de incidentes brilhantes em sua futura carreira."

O Pé do Diabo

Ao registrar de tempos em tempos algumas das experiências curiosas e lembranças interessantes que associo à minha longa e íntima amizade com Mr. Sherlock Holmes, volta e meia enfrentei dificuldades causadas pela aversão dele próprio à publicidade. Para seu espírito casmurro e cético, todo aplauso popular era sempre detestável, e nada o divertia mais, ao fim de um caso bem-sucedido, que atribuir o desmascaramento real a algum policial ortodoxo e ouvir com um sorriso zombeteiro o coro geral de felicitações indevidas. Foi de fato em razão dessa atitude da parte de meu amigo, e certamente não de uma falta de material interessante, que nos últimos anos expus muito poucos de meus registros perante o público. Minha participação em algumas de suas aventuras foi sempre um privilégio que me obrigou à discrição e à reticência.

Foi com considerável surpresa, portanto, que recebi um telegrama de Holmes terça-feira passada – ele nunca escrevia quando um telegrama podia bastar – nos seguintes termos:

> Por que não lhes contar sobre o horror córnico – o caso mais estranho que já investiguei.

Não tenho a menor ideia do que reavivou esse caso em sua mente, ou de que capricho o levou a desejar que eu o contasse;

mas, antes que chegue um outro telegrama cancelando este, apresso-me a procurar as anotações que me dão os detalhes exatos do caso e a apresentar a narrativa aos meus leitores.

Foi na primavera de 1897 que a constituição férrea de Holmes mostrou alguns sintomas de esgotamento em face do trabalho árduo e constante de um tipo extremamente opressivo, agravado, talvez, por imprudências ocasionais dele próprio. Em março daquele ano, o dr. Moore Agar, de Harley Street, cuja dramática apresentação a Holmes posso contar algum dia, ordenou expressamente que o famoso agente particular abandonasse todos os seus casos e se entregasse a um completo repouso, se desejasse evitar um colapso total. O estado de sua saúde não era um assunto que despertasse nele próprio o mais leve interesse, pois seu alheamento mental era absoluto, mas finalmente ele foi induzido, sob a ameaça de ficar permanentemente incapacitado para o trabalho, a se proporcionar uma mudança completa de cenário e ares. Foi assim que no início da primavera daquele ano encontramo-nos juntos num pequeno chalé perto de Poldhu Bay, na extremidade da península córnica.

Era um local singular e peculiarmente adequado ao humor soturno de meu paciente. Das janelas de nossa casinha caiada, no alto de um promontório relvado, contemplávamos todo o sinistro semicírculo da Mounts Bay, aquela antiga armadilha mortal para veleiros, com sua orla de penhascos negros e recifes traiçoeiros, em que muitos homens do mar haviam perdido a vida. Sob uma brisa norte, a baía parece plácida e abrigada, convidando a embarcação sacudida pela tempestade a entrar em busca de descanso e proteção.

Começa então o súbito redemoinho do vento, o vendaval furioso do sudoeste, a âncora pesada, a praia ao abrigo do vento e a última batalha nos vagalhões espumantes. O marinheiro sensato permanece longe desse lugar funesto.

Do lado da terra, nossas vizinhanças eram tão sombrias quanto no mar. Era uma região de charnecas onduladas, solitária e pardacenta, com uma torre de igreja aqui e ali para marcar o sítio de uma velha aldeia. Em todas as direções nessas charnecas havia vestígios de uma raça antiga que desaparecera por completo e deixara como seu único registro estranhos monumentos de pedra, montes de terra irregulares que continham as cinzas dos mortos e curiosas trincheiras que indicavam uma luta pré-histórica. O encanto e o mistério do lugar, com sua atmosfera sinistra de nações esquecidas, falavam à imaginação do meu amigo, e ele passava grande parte de seu tempo na charneca, em longas caminhadas e solitárias meditações. A antiga língua córnica também prendera sua atenção, e ele tinha, eu me lembro, concebido a ideia de que ela era aparentada do caldeu, e derivara em grande parte dos comerciantes fenícios de estanho. Ele recebera uma encomenda de livros sobre filologia e preparava-se para desenvolver essa tese, quando de repente, para meu pesar e seu genuíno deleite, encontramo-nos, mesmo naquela terra de sonhos e em nossa própria porta, mergulhados num problema que parecia mais intenso, mais absorvente e infinitamente mais misterioso que qualquer um dos que nos haviam afastado de Londres. Nossa vida simples, nossa rotina pacata e saudável foram violentamente interrompidas e vimo-nos lançados no meio de uma série de eventos que causaram a mais extrema comoção

"Holmes passava grande parte de seu tempo em longas caminhadas e solitárias meditações."
[Gilbert Holiday, *Strand Magazine*, 1910]

não apenas na Cornualha, mas em todo o oeste da Inglaterra. Muitos de meus leitores talvez guardem alguma lembrança do que foi chamado na época de "o Horror Córnico", embora só um relato extremamente imperfeito do assunto tenha chegado à imprensa de Londres. Agora, passados treze anos, darei ao público os verdadeiros detalhes desse caso inconcebível.

Como eu disse, as torres espalhadas assinalavam as aldeias que pontilhavam essa parte da Cornualha. A mais próxima delas era o pequeno povoado de Tredannick Wollas, onde as cabanas de uns duzentos habitantes se agrupavam em torno de uma igreja antiga, coberta de musgo. O vigário da paróquia, Mr. Roundhay, era uma espécie de arqueólogo e por isso Holmes travara conhecimento com ele. Era um homem de meia-idade, corpulento e afável, com grande conhecimento das tradições e crenças populares do lugar. A seu convite, havíamos tomado chá no presbitério e conhecêramos também Mr. Mortimer Tregennis, um cavalheiro independente que aumentava os parcos recursos do sacerdote alugando aposentos em sua casa ampla e espalhada. O vigário, sendo um solteirão, apreciava muito esse arranjo, embora tivesse pouco em comum com seu inquilino, um homem magro, moreno e de óculos, tão encurvado que parecia ter uma deformidade física real. Lembro-me de que durante nossa curta visita o vigário nos pareceu loquaz, mas seu inquilino mostrou-se estranhamente reticente, um homem tristonho, introspectivo, que mantinha os olhos desviados de nós, aparentemente ruminando seus próprios negócios.

Estes foram os dois homens que entraram abruptamente em nossa salinha de estar na terça-feira, 16 de março, pouco depois de tomarmos o desjejum, quando fumávamos juntos, preparando-nos para nossa excursão diária pela charneca.

"Mr. Holmes", disse o vigário, alvoroçado, "o fato mais extraordinário e trágico aconteceu durante a noite. É uma história das mais inauditas. Só podemos considerar uma Providência especial que o senhor esteja por acaso aqui neste momento, pois é em toda a Inglaterra o único homem de que precisamos."

"'O fato mais extraordinário e trágico aconteceu durante a noite', disse o vigário."
[Gilbert Holiday, *Strand Magazine*, 1910]

Fuzilei o importuno vigário com os olhos; Holmes, porém, tirou o cachimbo dos lábios e empertigou-se em sua cadeira como um velho cão de caça que ouve as trombetas. Indicou-lhe o sofá com um gesto, e nosso trêmulo visitante e seu agitado companheiro sentaram-se nele lado a lado. Mr. Mortimer Tregennis estava mais controlado que o clérigo, mas as contrações de suas mãos e o brilho de seus olhos escuros mostravam que os dois partilhavam a mesma emoção.

"Quem fala, eu ou o senhor?" perguntou ele ao vigário.

"Bem, como o senhor parece ter feito a descoberta, seja ela qual for, e o vigário teve conhecimento dela em segunda mão, talvez seja melhor que fale", disse Holmes.

Dei uma olhadela no clérigo vestido às pressas, com o inquilino formalmente vestido sentado a seu lado, e diverti-me com a surpresa que a dedução simples de Holmes produziu em seus semblantes.

"Talvez seja melhor eu dizer algumas palavras primeiro", disse o vigário, "depois o senhor poderá decidir se ouvirá os detalhes de Mr. Tregennis, ou se não deveríamos ir depressa, imediatamente, para o cenário desse misterioso acontecimento. Posso explicar, então, que nosso amigo aqui passou o serão, ontem à noite, na companhia de seus dois irmãos, Owen e George, e de sua irmã Brenda, em Tredannick Wartha, a casa deles, que fica perto da velha cruz de pedra na charneca. Ele os deixou, pouco depois das dez horas, jogando cartas em volta da mesa de jantar, em excelente saúde e humor. Costuma acordar cedo, e esta manhã caminhou naquela direção antes do desjejum e foi alcançado pela carruagem do dr. Richards, que lhe explicou que acabara de receber um chamado de extrema urgência de Tredannick Wartha. Ao chegar à casa, ele encontrou um estado de coisas extraordinário. Seus dois irmãos e a irmã estavam sentados em volta da mesa, exatamente como os deixara, as cartas ainda espalhadas diante deles e as velas queimadas até os bocais. A irmã estava reclinada em sua cadeira, morta, enquanto os dois irmãos, sentados um de cada lado dela, riam, gritavam e cantavam, inteiramente fora de si. Todos três, a mulher morta e os dois dementes, conservavam no rosto uma expressão do mais intenso horror – uma convulsão de terror que era horrível de se ver. Não havia sinal da presença de ninguém na casa, exceto Mrs. Porter, a velha cozinheira e governanta, que declarou que havia dormido profundamente e não ouvira nenhum som durante a noite. Nada fora roubado ou desarrumado, e não há absolutamente nenhuma explicação de qual pode ter sido o horror que matou uma mulher de susto e tirou dois homens fortes de seu juízo. Esta, em resumo, é a situação, Mr. Holmes, e se puder nos auxiliar a elucidá-la terá feito um grande trabalho."

Eu tivera a esperança de ser capaz, de algum modo, de convencer meu companheiro a voltar à tranquilidade que fora o objetivo de nossa viagem; mas um olhar para sua fisionomia tensa e suas sobrancelhas contraídas me disse como essa expectativa se tornara vã. Ele permaneceu por um breve tempo em silêncio, absorto no estranho drama que interrompera nossa paz.

"Vou examinar esse assunto", disse finalmente. "À primeira vista, parece um caso de natureza excepcionalíssima. Já esteve lá, Mr. Roundhay?"

"Não, Mr. Holmes. Mr. Tregennis relatou-me o acontecido no presbitério e corri imediatamente para cá com ele para consultá-lo."

"A que distância fica a casa onde essa singular tragédia ocorreu?"

"A cerca de um quilômetro e meio da praia."

"Então vamos caminhar juntos até lá. Antes de sairmos, porém, devo lhe fazer algumas perguntas, Mr. Mortimer Tregennis."

O outro se mantivera em silêncio durante todo aquele tempo, mas eu observara que seu nervosismo mais controlado era ainda maior que a emoção espalhafatosa do sacerdote. Ficou sentado com um rosto pálido, abatido, o olhar aflito fixado em Holmes e as mãos finas convulsivamente apertadas. Seus lábios lívidos tremiam enquanto ouvia a medonha experiência por que passara sua família, e seus olhos escuros pareciam refletir algo do horror da cena.

"Pergunte o que quiser, Mr. Holmes", disse ele, ansioso. "É ruim falar sobre isso, mas eu lhe direi a verdade."

"Fale-me sobre a noite passada."

"Bem, Mr. Holmes, eu ceei lá, como o vigário contou, e depois meu irmão mais velho, George, propôs uma partida de *whist*. Sentamo-nos por volta das nove horas. Eram dez e quinze quando me levantei para ir embora. Deixei-os em volta da mesa, mais alegres impossível."

"Quem o levou à porta?"

"Como Mrs. Porter já fora se deitar, fui sozinho até a porta e fechei-a atrás de mim. A janela da sala em que estavam encontrava-se fechada mas a persiana não fora baixada. Não havia nenhuma mudança na porta ou na janela esta manhã, nem qualquer razão para se pensar que algum estranho tivesse estado na casa. No entanto, lá estavam eles, simplesmente enlouquecidos de terror, e Brenda morta de susto, a cabeça caída sobre o braço da poltrona. Nunca conseguirei tirar da cabeça a visão daquela sala, enquanto eu viver."

"Os fatos, como os narra, são sem dúvida extraordinários", disse Holmes. "O senhor mesmo não tem nenhuma teoria capaz de explicá-los, não é?"

"É diabólico, Mr. Holmes; diabólico!" exclamou Mortimer Tregennis. "Não é coisa deste mundo. Entrou naquela sala alguma coisa que os fez perder completamente o uso da razão. Que artifício humano seria capaz disso?"

"Receio", disse Holmes, "que se o assunto estiver acima da esfera humana, certamente estará fora do meu alcance. Devemos contudo esgotar todas as explicações naturais antes de recorrermos a uma teoria desse tipo. Suponho que, de certo modo, estava afastado de sua família, uma vez que eles moravam juntos e o senhor tinha seus aposentos em outro lugar."

"Tem razão, Mr. Holmes, embora esse problema tenha sido inteiramente superado. Éramos uma família de mineiros de estanho em Redruth, mas vendemos nosso negócio a uma companhia e nos aposentamos com o bastante para nos mantermos. Não vou negar que houve alguma discórdia em relação à partilha do dinheiro e isso nos separou durante algum tempo, mas tudo foi perdoado e esquecido e agora éramos todos os melhores amigos."

"Pensando no serão que passaram juntos, ocorre à sua memória alguma coisa capaz de lançar luz sobre a tragédia? Pense bem, Mr. Tregennis, e veja se encontra uma pista que possa me ajudar."

"Não há absolutamente nada, senhor."

"Seus irmãos estavam em seu estado de espírito normal?"

"Nunca haviam estado tão bem."

"Eram pessoas nervosas? Mostravam às vezes qualquer temor de um perigo iminente?"

"Nada desse gênero."

"Não pode portanto acrescentar coisa alguma que possa me ajudar?"

Mortimer Tregennis refletiu gravemente por um momento.

"Ocorre-me uma única coisa", disse por fim. "Quando estávamos sentados à mesa, minhas costas estavam voltadas para a janela e meu irmão George, que era meu parceiro no jogo, estava de frente para ela. Uma vez eu o vi olhando atentamente sobre meu ombro, por isso virei-me e olhei também. A persiana estava levantada e a janela, fechada, mas pude distinguir os arbustos no gramado e por um instante tive a impressão de ver alguma coisa se mexendo entre eles. Não poderia sequer dizer se era homem ou animal; apenas pensei que havia alguma coisa ali. Quando perguntei a ele o que estava olhando, respondeu-me que tivera a mesma impressão. É só o que posso dizer."

"Não investigou?"

"Não; aquilo passou como coisa sem importância."

"Deixou-os então sem nenhuma premonição de mal?"

"Nenhuma."

"Não entendi como recebeu a notícia tão cedo esta manhã."

"Sou um madrugador e costumo fazer uma caminhada antes do desjejum. Esta manhã eu mal começara quando o médico me alcançou em sua carruagem. Disse-me que a velha Mrs. Porter havia mandado um garoto à sua procura com um recado urgente. Saltei para o lado dele e seguimos adiante.

Chegando lá, demos com aquela sala pavorosa. As velas e o fogo deviam ter se apagado horas antes e eles haviam ficado sentados ali no escuro até o alvorecer. O médico disse que Brenda havia morrido pelo menos seis horas antes. Não havia nenhum sinal de violência. Ela simplesmente estava caída sobre o braço da poltrona, com aquela expressão no rosto. George e Owen cantavam trechos de canções, soltando grunhidos como dois macacos. Ah, foi horrível de se ver! Não pude suportar aquilo, e o médico ficou branco como uma folha de papel. De fato, ele caiu numa cadeira numa espécie de desmaio, e quase precisamos cuidar dele também."

"Extraordinário – extremamente extraordinário!" disse Holmes, levantando-se e pegando o chapéu. "Creio que devemos ir a Tredannick Wartha sem delongas. Confesso que raras vezes tive conhecimento de um caso que apresentasse, à primeira vista, um problema tão singular."

NOSSOS PROCEDIMENTOS naquela primeira manhã pouco fizeram avançar a investigação. Foram marcados, contudo, já de início, por um incidente que deixou a mais sinistra impressão em minha mente. O caminho para o local onde a tragédia ocorrera era uma estradinha rural estreita e sinuosa. Quando avançávamos por ela, ouvimos o chocalhar de uma carruagem vindo na nossa direção e nos afastamos para lhe dar passagem. Quando ela passou por nós, vislumbrei através da janela fechada um rosto horrivelmente contorcido, com um sorriso forçado, olhando para nós. Aqueles olhos arregalados, os dentes arreganhados, passaram por nós num relance como uma visão pavorosa.

"Meus irmãos!" exclamou Mortimer Tregennis, lívido. "Estão sendo levados para Helston."

Olhamos com horror a carruagem preta que avançava pesadamente. Depois voltamos nossos passos para aquela casa malfadada em que eles haviam encontrado seu estranho destino.

Era uma casa grande e clara, mais um solar que um chalé, com um jardim considerável que já se mostrava, naquele ar córnico, cheio de flores primaveris. A janela da sala de estar dava para esse jardim, e dele, segundo Mortimer Tregennis, devia ter vindo aquela coisa maligna que de um instante para outro os enlouquecera de puro horror. Pensativo, Holmes andou entre os canteiros de flores e pelo caminho antes de entrarmos na varanda. Estava tão absorto em seus pensamentos, eu me lembro, que tropeçou num regador e derramou seu conteúdo, encharcando os pés de nós dois e o caminho do jardim. Dentro da casa fomos recebidos pela idosa governanta córnica, Mrs. Porter, que, com a ajuda de uma mocinha, atendia às necessidades da família. Ela respondeu prontamente às perguntas de Holmes. Não ouvira nada à noite. Seus patrões andavam de ótimo humor ultimamente, nunca os vira tão alegres e felizes. Ela desmaiara de horror ao entrar na sala de manhã e ver aquele grupo medonho em volta da mesa. Ao recobrar os sentidos, havia aberto a janela para deixar entrar o ar da manhã e correra à estrada, onde mandara o empregadinho de uma granja chamar o médico. A senhora estava em seu quarto, no segundo andar, se quiséssemos vê-la. Haviam sido necessários quatro homens para enfiar os irmãos na carruagem do asilo. Ela mesma não ficaria na casa nem mais um dia; partiria naquela tarde mesmo para junto de sua família em St. Ives.

Subimos a escada e vimos o corpo. Miss Brenda Tregennis havia sido uma bela moça, embora agora beirasse a meia-idade. Seu rosto moreno e bem-delineado era bonito mesmo na morte, mas ainda pairava sobre ele algo daquela convulsão de horror que havia sido sua última emoção humana. Do seu quarto descemos para a sala de estar onde a estranha tragédia ocorrera. Viam-se na lareira as cinzas do fogo que brilhara durante a noite. Sobre a mesa estavam as quatro velas inteiramente consumidas e espalhavam-se as cartas. As cadeiras haviam sido postas contra as paredes, mas tudo o mais estava como na noite anterior. Holmes andou pela sala com passos leves e céleres; sentou-se nas várias cadeiras, arrastando-as e reconstituindo suas posições. Verificou quanto do jardim era visível; examinou o assoalho, o teto e a lareira; mas não vi uma vez sequer a súbita iluminação de seus olhos ou o cerrar de lábios que me teriam dito que ele via algum raio de luz naquela absoluta escuridão.

"Por que o fogo aceso?" perguntou ele em certa altura. "Mantinham sempre um fogo aceso nesta sala pequena numa noite de primavera?"

Mortimer Tregennis explicou que a noite estava fria e úmida. Por essa razão, após a sua chegada, o fogo fora aceso. "Que vai fazer agora, Mr. Holmes?" perguntou.

Meu amigo sorriu e pôs a mão no meu braço. "Creio, Watson, que devo retomar aquele processo de envenenamento pelo tabaco que você condenou tantas vezes e com tanta ra-

"Subimos a escada e vimos o corpo."
[Gilbert Holiday, *Strand Magazine*, 1910]

zão", disse. "Com sua permissão, cavalheiros, vamos voltar agora para nosso chalé, pois creio que provavelmente nenhum novo fator chamará a nossa atenção aqui. Vou revirar os fatos em minha mente, Mr. Tregennis, e se alguma coisa me ocorrer, certamente me comunicarei com o senhor e o vigário. Nesse ínterim, desejo-lhes um bom dia."

Holmes só rompeu seu completo e absorto silêncio muito depois que chegamos de volta a Poldhu Cottage. Ficou enroscado em sua poltrona, o rosto pálido e ascético quase invisível em meio ao redemoinho azul da fumaça de seu tabaco, as sobrancelhas pretas baixadas e a testa contraída, os olhos vazios e distantes. Finalmente, pousou o cachimbo e levantou-se de um salto.

"Não adianta, Watson!" disse, com uma risada. "Vamos caminhar junto aos penhascos e procurar flechas de sílex. Deve ser mais fácil encontrá-las do que pistas para este problema. Deixar o cérebro funcionar sem material suficiente é como acelerar um motor à exaustão. Ele explode em pedaços. Ar marinho, sol e paciência, Watson – e o resto virá por si.

"Agora vamos definir calmamente nossa posição, Watson", continuou ele quando margeávamos os penhascos juntos. "Vamos nos agarrar com firmeza ao muito pouco que sabemos, para que, quando fatos novos surgirem, possamos estar prontos para encaixá-los em seus lugares. Considero, em primeiro lugar, que nenhum de nós está disposto a admitir intromissões diabólicas nos negócios humanos. Vamos começar excluindo isso inteiramente de nossas mentes. Muito bem. Restam três pessoas que foram atrozmente atingidas por alguma ação humana consciente ou inconsciente. Isto é terreno firme. Agora, quando isso ocorreu? É evidente que, supondo que o relato dele é verdadeiro, foi imediatamente depois que Mr. Mortimer saiu da sala. Esse é um ponto muito importante. A presunção é de que foi minutos depois. As cartas ainda estavam sobre a mesa. Já passara da hora em que costumavam se deitar. No entanto, não haviam mudado de posição ou empurrado suas cadeiras para trás. Repito, portanto, que a ocorrência se deu imediatamente após a partida dele e não depois das onze horas da noite de ontem.

"Nosso próximo passo óbvio é verificar, até onde pudermos, os movimentos de Mortimer Tregennis depois que ele deixou a sala. Não há nenhuma dificuldade nisso e eles parecem estar acima de qualquer suspeita. Conhecendo meus métodos como conhece, você percebeu, é claro, o expediente um tanto desajeitado do regador com que obtive uma impressão mais nítida da pegada dele do que teria sido possível por qualquer outro método. O caminho arenoso e molhado moldou-a admiravelmente. A noite de ontem também foi chuvosa, você deve se lembrar, e não foi difícil – tendo obtido uma amostra da pegada – distinguir seu rastro entre outros e seguir seus movimentos. Ele parece ter caminhado rapidamente na direção do presbitério.

"Portanto, se Mortimer Tregennis saiu de cena mas alguém de fora afetou os jogadores de cartas, como podemos reconstituir essa pessoa, e como essa impressão de horror foi transmitida? Mrs. Porter pode ser eliminada. É evidentemente inofensiva. Haveria algum indício de que alguém se aproximou furtivamente da janela e, sabe-se lá como, produziu um efeito tão terrível que deixou os que o viram enlouquecidos? A única sugestão nesse sentido provém do próprio Mortimer Tregennis, que diz que seu irmão falou sobre um movimento no jardim. Isso é certamente notável, pois a noite estava chuvosa, nublada e escura. Alguém que tivesse a intenção de alarmar essa gente teria tentado pôr a própria cara contra o vidro antes que pudesse ser visto. Há um canteiro de uns noventa centímetros junto dessa janela, mas nenhum sinal de pegada ali. É difícil imaginar, portanto, como um forasteiro poderia ter causado uma impressão tão horrível sobre o grupo e tampouco encontramos qualquer motivo possível para um atentado tão estranho e complicado. Percebe nossas dificuldades, Watson?"

"Nada mais claro", respondi com convicção.

"No entanto, com um pouco mais de material, talvez possamos provar que elas não são insuperáveis", disse Holmes. "Imagino que entre seus vastos arquivos, Watson, você pode encontrar um caso quase tão obscuro. Vamos deixá-lo de lado por enquanto, até que dados mais precisos estejam disponíveis e dediquemos o resto de nossa manhã à busca do homem neolítico."

Talvez eu já tenha comentado a capacidade de alheamento mental de meu amigo, mas ela nunca me espantou mais do que nessa manhã de primavera na Cornualha, em que, durante duas horas, ele discursou sobre machados, pontas de flecha e cacos de cerâmica, tão despreocupadamente como se nenhum mistério sinistro estivesse à espera de solução. Mas quando voltamos para nosso chalé, à tarde, encontramos à nossa espera um visitante que logo levou nossas mentes de volta para o nosso problema. Não precisamos, nenhum de nós dois, que nos contassem quem era o visitante. O corpo enorme, o rosto de traços marcados, com rugas profundas, os olhos chamejantes e o nariz de águia, o cabelo grisalho que quase varria o teto de nosso chalé, a barba – dourada nas bordas e branca perto dos lábios, exceto pela mancha de nicotina de seu perpétuo charuto –, tudo isso era tão conhecido em Londres como na África, e só podia ser associado com a extraordinária personalidade do dr. Leon Sterndale, o grande caçador de leões e explorador.

Tínhamos ouvido falar de sua presença no distrito e visto de relance, uma ou duas vezes, sua alta figura nas sendas da charneca. Mas ele não se aproximara de nós e nem teríamos sonhado em abordá-lo, pois é bem sabido que era seu amor à solidão que o levava a passar a maior parte dos intervalos entre suas viagens num pequeno bangalô enterrado na mata erma de Beauchamp Arriance. Ali, em meio a seus livros e seus mapas, ele vivia uma vida absolutamente solitária, cuidando de si mesmo e aparentemente prestando pouca atenção aos assuntos de seus vizinhos. Foi uma surpresa para mim, portanto, ouvi-lo perguntar a Holmes, numa voz aflita, se havia feito progresso na reconstituição daquele misterioso episódio. "A polícia do condado está inteiramente desnorteada", disse; "mas talvez sua experiência mais ampla tenha sugerido alguma explicação concebível. Se me sinto no direito de pedir que confie em mim é somente porque, durante minhas muitas estadas aqui, vim a conhecer essa família Tregennis muito bem – de fato, pelo lado de minha mãe, que é córnica, eu poderia considerá-los primos – e sua estranha sina foi naturalmente um grande choque para mim. Posso lhe dizer que eu estava a caminho da África e já havia chegado a Plymouth, as notícias me alcançaram esta manhã e voltei imediatamente para ajudar no inquérito."

Holmes arqueou as sobrancelhas.

"Perdeu seu navio por causa disso?"

"Tomarei o próximo."

"Meu Deus! Isso é realmente amizade."

"Estou lhe dizendo que são meus parentes."

"Naturalmente... primos de sua mãe. Sua bagagem já havia sido embarcada?"

"Alguma coisa, mas a parte principal está no hotel."

"Entendo. Mas esse fato certamente não poderia ter sido noticiado nos jornais matutinos de Plymouth, não é?"

"Não, senhor; recebi um telegrama."

"Posso lhe perguntar de quem?"

Uma sombra perpassou o semblante macilento do explorador.

"É muito inquisitivo, Mr. Holmes."

"É meu trabalho."

Com algum esforço, o dr. Sterndale recobrou a serenidade.

"Não tenho objeção em lhe dizer", respondeu. "O remetente do telegrama que me trouxe de volta foi o vigário, Mr. Roundhay."

"Muito obrigado", disse Holmes. "Posso dizer, em resposta à sua primeira pergunta, que ainda não tenho ideias perfeitamente claras com relação a esse caso, mas estou cheio de esperança de chegar a uma conclusão. Seria prematuro dizer mais."

"Talvez não se importe de me dizer se suas suspeitas apontam uma direção particular?"

"Não, realmente não posso lhe dar uma resposta."

"Nesse caso perdi meu tempo e não preciso prolongar minha visita." O famoso doutor saiu de nosso chalé com largas passadas e de muito mau humor. Menos de cinco minutos depois, Holmes o seguiu. Não o vi mais até o fim da tarde, quando voltou andando devagar e com um rosto abatido que me deu a certeza de que não havia feito nenhum grande progresso em sua investigação. Passou os olhos pelo telegrama que o esperava e atirou-o na lareira.

"Do hotel de Plymouth, Watson. Soube o nome dele pelo vigário e mandei um telegrama para me certificar de que o relato do dr. Leon Sterndale era verdadeiro. Parece que ele realmente passou a última noite lá e que de fato permitiu que parte de sua bagagem seguisse para a África, enquanto voltava para estar presente nessa investigação. Que conclui disso, Watson?"

"Ele está profundamente interessado."

"Sim... profundamente interessado. Há um fio aqui que ainda não agarramos e que talvez possa nos conduzir através do novelo. Alegre-se, Watson, pois tenho certeza de que ainda não temos todo o nosso material em mãos. Quando tivermos, poderemos superar nossas dificuldades em pouco tempo."

Eu certamente não imaginei que as palavras de Holmes se confirmariam tão depressa, nem que o novo desdobramento, que abriu uma linha inteiramente nova de investigação, seria tão estranho e sinistro. Eu me barbeava à minha janela de manhã quando ouvi o estrépito de cascos e, levantando os olhos, dei com um *dog-cart* que vinha a galope pela estrada. Parou à nossa porta e vi nosso amigo, o vigário, saltar e transpor correndo nosso caminho do jardim. Holmes já estava vestido e nos apressamos a ir ao encontro dele.

Nosso visitante estava tão nervoso que mal conseguia articular as palavras, mas finalmente, em meio a arquejos e arrancadas, conseguiu contar sua trágica história.

"Estamos endemoninhados, Mr. Holmes! O demônio se apossou de minha pobre paróquia!" exclamou. "O próprio Satã está às soltas por aqui! Estamos nas mãos dele!" O homem dançava em sua agitação, uma cena risível, não fosse seu rosto cinza e o olhar apavorado. Finalmente pôs para fora sua horrível notícia.

"Mr. Mortimer Tregennis morreu durante a noite, e exatamente com os mesmos sintomas que o resto da família."

Holmes levantou de um salto, cheio de energia num instante.

"Podemos ir os dois no seu *dog-cart*?"

"Sim, dou um jeito."

"Então, Watson, vamos adiar nosso desjejum. Mr. Roundhay, estamos inteiramente a seu dispor. Rápido, rápido – antes que as coisas sejam desarrumadas."

O inquilino ocupava no presbitério duas peças que formavam um ângulo da casa, ficando uma sobre a outra. Embaixo ficava uma sala ampla; em cima, seu quarto de dormir. Elas davam para um campo de *croquet* que chegava até as janelas. Como chegamos antes do médico e da polícia, absolutamente nada fora mexido. Descreverei exatamente a cena com que deparamos naquela manhã enevoada de março. Ela deixou uma impressão que jamais poderá se apagar de minha mente.

A atmosfera do quarto era de um abafamento horrível e opressivo. Não fosse o primeiro criado que entrara ter escancarado a janela, ela estaria ainda mais intolerável. Isso podia se dever em parte ao fato de que um lampião ardia e fumegava na mesa de centro. Ao lado dela sentava-se o morto, reclinado em sua cadeira, a barba rala projetando-se, os óculos empurrados para a testa e o rosto magro e moreno voltado para a janela e contorcido na mesma expressão de horror que marcara as feições da irmã morta. Seus membros estavam convulsionados e os dedos contraídos como se tivesse morrido num verdadeiro paroxismo de medo. Estava inteiramente vestido, embora houvesse sinais de que se aprontara às pressas. Já verificáramos que sua cama fora desfeita e que o trágico fim lhe sobreviera nas primeiras horas da manhã.

A súbita transformação que se processou em Holmes a partir do momento em que entrou no apartamento fatídico revelou a energia candente que havia por trás de sua fleumática aparência. Num instante ficou tenso e alerta, os olhos brilhando, a fisionomia imóvel, os membros tremendo em

"Ao lado dela sentava-se o morto, reclinado em sua cadeira." [Gilbert Holiday, *Strand Magazine*, 1910]

ansiosa atividade. Saiu para o gramado, entrou pela janela, percorreu a sala e subiu ao quarto, parecendo em tudo e por tudo um cão de caça a farejar um esconderijo. No quarto, lançou um rápido olhar à sua volta e terminou abrindo a janela, o que pareceu lhe dar novos motivos de excitação, pois se debruçou nela lançando exclamações de interesse e satisfação em voz alta. Em seguida lançou-se escada abaixo, saiu pela janela aberta, jogou-se de bruços no gramado, levantou-se bruscamente e entrou de novo no quarto, com toda a energia do cão que já está no calcanhar da presa. Examinou minuciosamente o lampião, que era do tipo comum, com suporte alto, fazendo certas medições em seu bojo. Inspecionou cuidadosamente com sua lente a lâmina de mica que cobria o topo da manga e raspou parte das cinzas que aderiam à sua superfície superior, pondo um pouco delas num envelope que guardou em sua caderneta. Por fim, exatamente quando chegavam o médico e a polícia oficial, fez um aceno para o vigário e saímos os três para o gramado.

"Folgo em dizer que minha investigação não foi de todo improdutiva", observou. "Não posso ficar para discutir o assunto com a polícia, mas lhe ficaria extremamente grato, Mr. Roundhay, se transmitisse meus cumprimentos ao inspetor e dirigisse sua atenção para a janela do quarto e o lampião da sala. Cada qual é sugestivo e juntos são quase conclusivos. Caso a polícia deseje maiores informações, ficarei feliz em receber qualquer deles no chalé. Agora, Watson, penso que talvez possamos empregar melhor o nosso tempo em outro lugar."

Pode ser que os policiais tenham se aborrecido com a intromissão de um amador, ou que imaginassem estar em alguma linha promissora de investigação; o certo é que não tivemos nenhuma notícia deles nos dois dias seguintes. Neles, Holmes dedicou parte de seu tempo a fumar e sonhar no chalé, mas empregou uma parte maior em caminhadas pelo campo que empreendia sozinho, voltando muitas horas depois sem nenhuma observação sobre onde estivera. Um experimento serviu para me mostrar a linha de sua investigação. Ele havia comprado um lampião idêntico àquele que ardia na sala de Mortimer Tregennis na manhã da tragédia. Tratou de enchê-lo com o mesmo óleo usado no presbitério e marcou cuidadosamente o tempo que o combustível levava para se esgotar. Um outro experimento que fez foi de natureza mais desagradável e provavelmente nunca o esquecerei.

"Você deve se lembrar, Watson", observou ele uma tarde, "de que há um único ponto de semelhança nos diferentes relatos que chegaram até nós. Ele diz respeito ao efeito da atmosfera da sala, em ambos os casos, sobre a primeira pessoa que nela entrou. Lembra-se de que Mortimer Tregennis, ao descrever o episódio de sua última visita à casa dos irmãos, comentou que o médico, ao entrar na sala, caiu numa cadeira? Havia se esquecido? Bem, posso lhe garantir que foi assim. Ora, você deve se lembrar também de que Mrs. Porter, a governanta, contou-nos que ela mesma desmaiou ao entrar na sala e depois abriu a janela. No segundo caso, o do próprio Mortimer Tregennis – você não pode ter se esquecido do horrível abafamento da sala quando chegamos, embora a criada tivesse escancarado a janela. Essa criada, segundo pude investigar, sentira-se tão mal que fora se deitar. Você vai admitir, Watson, que esses fatos são muito sugestivos. Em ambos os casos há indícios de uma atmosfera venenosa. Em ambos, há uma combustão ocorrendo na sala – num caso uma lareira, no outro um lampião. A lareira acesa fora necessária, mas a lâmpada foi acesa – como mostra uma comparação com o óleo consumido – muito tempo depois do raiar do dia. Por quê? Certamente porque há alguma conexão entre três coisas – a combustão, a atmosfera sufocante e, finalmente, a loucura ou morte daquelas infelizes pessoas. Isso está claro, não?"

"Parece que sim."

"Pelo menos podemos aceitá-lo como hipótese de trabalho. Vamos supor, portanto, que nos dois casos foi queimada alguma coisa que produziu uma atmosfera causadora de estranhos efeitos tóxicos. Muito bem. No primeiro caso – o da família Tregennis – essa substância foi posta na lareira. Ora, a janela estava fechada, mas as emanações do fogo seriam em certa medida expelidas pela chaminé. Por isso seria de esperar que os efeitos do veneno fossem menores que no segundo caso, em que havia menos saída para o vapor. O resultado parece indicar que assim foi, uma vez que no primeiro caso apenas a mulher, que tinha presumivelmente o organismo mais sensível, foi morta, os outros tendo sido tomados por aquela loucura temporária ou permanente que é evidentemente o primeiro efeito da droga. No segundo caso o resultado foi completo. Os fatos, portanto, parecem corroborar a teoria segundo a qual um veneno atuou por combustão.

"Com esse encadeamento de ideias na cabeça, naturalmente olhei em meu redor na sala de Mortimer à procura de restos dessa substância. O lugar óbvio para procurar era a lâmina sobre a manga do lampião. E de fato, percebi ali umas cinzas flocosas, e, em torno das bordas, uma franja de um pó marrom que ainda não fora consumido. Retirei metade disso, como você viu, e guardei num envelope."

"Por que metade, Holmes?"

"Não convém, meu caro Watson, que eu me interponha no caminho da polícia oficial. Deixo-lhes todos os indícios que encontrei. O veneno continuava sobre a mica, caso tivessem tido a perspicácia de encontrá-lo. Agora, Watson, vamos acender nosso lampião; tomemos contudo a precaução de abrir a janela para evitar o falecimento prematuro de dois dignos membros da sociedade. Você se sentará perto da janela aberta, naquela poltrona, a menos que decida nada ter a ver com isto. Ah, quer ver no que vai dar? Pensei que conhecia o meu Watson. Vou pôr esta cadeira em frente à sua, de modo que fiquemos a igual distância do veneno e frente a frente. Deixaremos a porta entreaberta. Agora cada um está em condições de vigiar o outro e encerrar o experimento caso os sintomas pareçam alarmantes. Está tudo claro? Bem, vou tirar o nosso pó – ou o que resta dele – do envelope e espalhá-lo sobre a lâmpada acesa. Assim! Agora, Watson, vamos nos sentar e aguardar os desdobramentos."

Eles não demoraram a se produzir. Eu mal me instalara em minha cadeira quando senti um odor denso, almiscarado, sutil e nauseante. Já na primeira vez que o aspirei, meu cérebro e minha imaginação ficaram fora de controle. Uma nuvem espessa e preta rodopiou diante de meus olhos e minha mente me informou que nessa nuvem, ainda invisível mas prestes a saltar sobre meus sentidos horrorizados, espreitava tudo que era vagamente horrível, tudo que era monstruoso e inconcebivelmente odioso no Universo. Formas vagas giravam e deslizavam em meio ao escuro banco de nuvens, cada uma delas uma ameaça e um aviso de algo que estava por vir, a chegada à soleira de um habitante inqualificável cuja própria sombra destruiria a minha alma. Um horror paralisante tomou conta de mim. Senti que meu cabelo se arrepiava, que meus olhos se esbugalhavam, que minha boca estava aberta e minha língua parecia couro. O tumulto dentro de meu cérebro era tal que alguma coisa tinha certamente de se romper. Tentei gritar e percebi vagamente um grasnido rouco que era minha própria voz, mas distante e dissociada de mim. No mesmo instante, num esforço para escapar, abri caminho através daquela nuvem de desespero e tive um vislumbre do rosto de Holmes, branco, rígido e desfigurado de horror – exatamente com o olhar que eu vira nas feições dos mortos. Foi essa visão que me deu um segundo de sanidade e de força. Joguei-me de minha cadeira e abracei Holmes; saímos juntos cambaleando pela porta e um instante depois havíamos nos jogado sobre o gramado e estávamos deitados lado a lado, conscientes apenas da gloriosa luz do sol que invadia a nuvem infernal de terror que nos envolvera. Ela se ergueu de nossas almas pouco a pouco, como o nevoeiro de uma paisagem, até que a paz e a razão retornaram e nos vimos sentados na grama, enxugando nossas testas suadas e olhando com apreensão um para o outro para observar os últimos traços daquela experiência terrível por que passáramos.

"Realmente, Watson!" disse Holmes por fim, com uma voz vacilante. "Eu lhe devo tanto os meus agradecimentos quanto as minhas desculpas. Foi um experimento injustificável até para mim mesmo, e duplamente para um amigo. Saiba que lamento muito."

"Você sabe", respondi com certa emoção, pois Holmes nunca revelara tanto de seu coração antes, "poder ajudá-lo é minha maior alegria, meu maior privilégio."

Ele retornou imediatamente à atitude levemente zombeteira e sarcástica que costumava ter em relação aos que os cercavam. "Seria supérfluo nos enlouquecer, meu caro Watson", disse. "Um observador honesto certamente declararia que já estávamos loucos antes de embarcar num experimento tão extravagante. Confesso que nunca imaginei que o efeito pudesse ser tão repentino e severo." Entrou correndo no chalé e, reaparecendo com o lampião aceso na mão, o braço totalmente esticado, jogou-o numa moita de amoreiras. "Temos de dar algum tempo para que o ar da sala se limpe. Suponho que você não tem mais uma sombra de dúvida quanto à maneira como essas tragédias foram produzidas, Watson."

"Absolutamente nenhuma."

"Mas o motivo continua tão obscuro como antes. Venha para este caramanchão e vamos discutir isso juntos. Tenho a impressão de ainda sentir essa substância maligna em torno da garganta. Penso que temos de admitir que todos os indícios sugerem que esse homem, Mortimer Tregennis, foi o criminoso na primeira tragédia, embora tenha sido a vítima na segunda. Devemos lembrar, em primeiro lugar, que há uma história de desavença familiar, seguida por uma reconciliação. Não sabemos qual foi a gravidade desse desentendimento nem a profundidade da reconciliação. Quando penso em Mortimer Tregennis, com sua cara de raposa, seus olhinhos redondos e astutos por trás dos óculos, ele não me parece um homem particularmente propenso ao perdão. Bem, em segundo lugar, você certamente se lembra de que aquela ideia de que alguém se moveu no jardim, que desviou nossa atenção por um momento da causa real da tragédia, emanou dele. Por fim, se ele não jogou essa substância no fogo no momento em que saiu da sala, quem o fez? O fato aconteceu imediatamente depois da partida dele. Se alguma outra pessoa tivesse chegado, a família certamente teria se levantado da mesa. Ademais, na pacata Cornualha, visitas não chegam depois das dez horas da noite. Podemos considerar, portanto, que todos os indícios apontam para Mortimer Tregennis como o culpado."

"Então a morte dele mesmo foi suicídio!"

"Bem, Watson, à primeira vista não é uma suposição impossível. O homem que carrega a culpa de ter imposto tal sina à sua própria família poderia por certo ser levado pelo remorso a infligi-la a si mesmo. Há, no entanto, alguns argumentos contra isso. Felizmente, há um homem na Inglaterra que sabe tudo a esse respeito e tomei providências para que possamos ouvir os fatos esta tarde de seus próprios lábios. Ah! Ele está um pouco adiantado. Talvez o senhor possa gentilmente chegar aqui, dr. Leon Sterndale. Estivemos conduzindo um experimento químico dentro de casa e ele deixou nossa pequena sala em condições não muito apropriadas para a recepção de uma visita tão distinta."

Eu ouvira o trinco do portão do jardim e em seguida a figura imponente do grande explorador africano apareceu no caminho. Ele se voltou com certa surpresa para o rústico caramanchão em que nos sentávamos.

"O senhor me chamou, Mr. Holmes. Recebi seu bilhete cerca de uma hora atrás e vim, embora realmente não saiba a troco de quê devo acatar suas intimações."

"Talvez possamos elucidar isto antes de nos despedirmos", disse Holmes. "Por enquanto, sou-lhe muito grato por sua cortês aquiescência. Vai desculpar esta acolhida informal ao ar livre, mas meu amigo Watson e eu quase fornecemos um capítulo adicional para o que os jornais chamam de o Horror Córnico, e no momento preferimos uma atmosfera desanuviada. Talvez, já que o assunto que temos a discutir o afetará pessoalmente de maneira muito íntima, convenha também que conversemos onde ninguém poderá nos escutar às escondidas."

O explorador tirou seu charuto dos lábios e fitou meu companheiro severamente.

"Não consigo imaginar", disse, "qual pode ser esse assunto que me afeta pessoalmente de maneira muito íntima."

"A morte de Mortimer Tregennis", respondeu Holmes.

Por um momento desejei estar armado. O rosto raivoso de Sterndale ficou de um vermelho escuro, seus olhos faiscaram e veias nodosas saltaram em sua fronte enquanto ele deu um pulo à frente, os punhos cerrados, em direção ao meu companheiro. Em seguida parou e, com violento esforço, recobrou uma calma fria e rígida, talvez mais sugestiva de perigo que seu gesto impetuoso.

"Vivi tanto tempo entre selvagens e fora do alcance da lei", disse, "que me acostumei a fazer justiça com minhas próprias mãos. Conviria, Mr. Holmes, que não se esquecesse disto, pois não tenho nenhum desejo de lhe fazer qualquer mal."

"Não tenho tampouco nenhum desejo de lhe fazer mal. Sem dúvida a prova mais clara disso é que, sabendo o que sei, mandei chamar o senhor e não a polícia."

Sterndale sentou-se com um arquejo, intimidado talvez pela primeira vez em sua aventurosa vida. Havia nas maneiras de Holmes uma serena demonstração de poder a que não era possível resistir. Nosso visitante gaguejou por um momento, abrindo e fechando as manzorras em sua agitação.

"Que quer dizer?" perguntou finalmente. "Se está blefando, Mr. Holmes, escolheu o homem errado para seu experimento. Chega de tergiversações. Que está *querendo* dizer?"

"Vou lhe dizer", disse Holmes, "e o farei porque espero que franqueza possa gerar franqueza. Qual será meu próximo passo dependerá inteiramente da natureza de sua própria defesa."

"Minha defesa?"

"Sim, senhor."

"Minha defesa contra o quê?"

"Contra a acusação de ter matado Mortimer Tregennis."

"Deu um pulo à frente, os punhos cerrados, em direção ao meu companheiro."
[Gilbert Holiday, *Strand Magazine*, 1910]

Sterndale enxugou a testa com seu lenço. "O senhor está realmente fazendo progresso. Então todo o seu sucesso se assenta sobre essa capacidade prodigiosa de blefar?"

"Quem está blefando é o senhor, dr. Leon Sterndale, não eu", disse Holmes, severamente. "Como prova, vou lhe contar alguns dos fatos em que minhas conclusões se baseiam. Sobre sua volta de Plymouth, deixando grande parte de seus pertences seguirem para a África, não direi nada, exceto que isso foi a primeira coisa a me informar que o senhor era um dos fatores que deveriam ser levados em conta na reconstituição desse drama..."

"Eu voltei..."

"Ouvi suas razões e as considero inconvenientes e inadequadas. Deixemos isso de lado. O senhor veio aqui me perguntar de quem eu suspeitava. Recusei-me a lhe responder. Em seguida o senhor foi ao presbitério, esperou do lado de fora por algum tempo e finalmente retornou a seu bangalô."

"Como sabe disso?"

"Eu o segui."

"Não vi ninguém."

"Isso é o que deve esperar ver quando eu o sigo. O senhor passou uma noite insone no seu bangalô e elaborou certos planos que tratou de pôr em execução de manhã bem cedo. Saindo mal raiara o dia, encheu seu bolso com um pouco do cascalho avermelhado que está amontoado junto do seu portão."

Sterndale teve um forte sobressalto e olhou estupefato para Holmes.

"Depois o senhor transpôs rapidamente o quilômetro e meio que o separa do presbitério. Estava usando, posso observar, o mesmo par de sapatos de tênis com nervuras na sola que estão nos seus pés neste momento. No presbitério, passou pelo pomar e a sebe lateral, saindo sob a janela do inquilino Tregennis. Nessa altura era dia claro, mas ninguém se mexia ainda na casa. O senhor tirou um pouco do cascalho de seu bolso e o jogou na janela do segundo andar."

Sterndale levantou-se de um salto.

"Acredito que o senhor é o próprio diabo!" gritou.

O cumprimento fez Holmes sorrir. "Foi preciso jogar dois, ou talvez três punhados antes que o inquilino aparecesse à janela. O senhor lhe fez um aceno para que descesse. Ele se vestiu às pressas e desceu para a sala. O senhor entrou pela janela. Houve uma entrevista – uma breve entrevista –, durante a qual o senhor andou de um lado para outro da sala. Depois o senhor saiu, fechou a janela e ficou parado no gramado lá fora, fumando um charuto e observando o que ocorria. Por fim, após a morte de Tregennis, o senhor se retirou como viera. Agora, dr. Sterndale, como justifica tal conduta e quais foram os motivos de suas ações? Se mentir ou brincar comigo, eu lhe asseguro que o assunto sairá das minhas mãos para sempre."

O rosto de nosso visitante ficara cinza enquanto ele ouvia as palavras de seu acusador. Em seguida ele ficou algum tempo pensando, a cabeça enterrada nas mãos. Depois, com um gesto súbito e impulsivo, tirou uma fotografia do bolso do peito e jogou-a na mesa rústica diante de nós.

"Aí está por que fiz isso", disse.

Ela mostrava o busto e o rosto de uma mulher muito bonita. Holmes debruçou-se sobre ela.

"Brenda Tregennis", disse.

"Sim, Brenda Tregennis", repetiu nosso visitante. "Por muitos anos eu a amei. Por muitos anos ela me amou. Esse é o segredo desse isolamento na Cornualha que tanto espantava as pessoas. Ele me trazia para perto da única coisa que me era querida neste mundo. Eu não podia me casar com ela, porque tenho uma mulher que me deixou há muitos anos e de quem, no entanto, pelas deploráveis leis da Inglaterra, eu não podia me divorciar. Brenda esperou por muitos anos. Eu esperei por muitos anos. E foi isso que esperamos." Um violento soluço sacudiu sua grande constituição e ele apertou a garganta sob a barba manchada. Depois, com esforço, controlou-se e continuou a falar.

"O vigário sabia. Era nosso confidente. Ele pode lhe dizer que ela era um anjo sobre a terra. Foi por isso que ele me telegrafou e eu voltei. Que era minha bagagem ou a África quando eu ficava sabendo que minha querida tivera aquele destino? Aí tem a pista que faltava para o meu gesto, Mr. Holmes."

"Continue", disse o meu amigo.

O dr. Sterndale tirou do bolso um pequeno embrulho de papel e o depositou sobre a mesa. Do lado de fora estava escrito *Radix pedis diaboli*, com um símbolo de veneno vermelho embaixo. Empurrou-o para mim. "Suponho que é médico, senhor. Já ouviu falar desse preparado?"

"Raiz de pé do diabo! Não, nunca ouvi falar disso."

"Isso não depõe contra seu conhecimento profissional", disse ele, "pois creio que, exceto por uma amostra num laboratório em Buda, não há outro espécime na Europa. A raiz ainda não penetrou nem na farmacopeia nem na literatura da toxicologia. Ela tem a forma de um pé, entre um pé humano e um pé de bode; por isso o nome fantasioso que lhe foi dado por um missionário botânico. É usada como veneno de ordálio pelos feiticeiros em certos distritos da África ocidental e é conservada como um segredo entre eles. Obtive esse espécime particular sob circunstâncias muito extraordinárias na região do Ubangi." Enquanto falava, abriu o papel e revelou um montinho de um pó castanho-avermelhado, parecido com rapé.

"Bem, senhor?" perguntou Holmes com dureza.

"Vou lhe contar tudo que realmente aconteceu, Mr. Holmes, pois já sabe tanto que é claramente do meu interesse que saiba tudo. Já expliquei minha relação com a família Tregennis. Por causa da irmã, eu era amigo dos irmãos. Uma desavença de família motivada por dinheiro levou esse homem, Mortimer, a se afastar, mas o problema parecia ter sido superado e dali em diante passei a me encontrar com ele como fazia com os outros. Era um sujeito matreiro, astuto, maquinador, e surgiram várias coisas que me levaram a desconfiar dele, mas não tinha motivo para um efetivo rompimento.

"Um dia, só umas duas semanas atrás, ele esteve em meu bangalô e lhe mostrei algumas de minhas curiosidades africanas. Entre outras coisas, exibi esse pó e lhe falei de suas estranhas propriedades – como ele estimula aqueles centros cerebrais que controlam a emoção do medo, e como o infeliz nativo submetido ao ordálio pelo sacerdote de sua tribo está fadado a encontrar a loucura ou a morte. Disse-lhe como a ciência europeia seria impotente para detectá-lo. Não sei dizer como ele o pegou, pois não deixei a sala uma só vez, mas não há dúvida de que foi naquele momento, enquanto eu abria armários e me debruçava sobre caixas, que ele conseguiu subtrair um pouco da raiz de pé do diabo. Lembro-me bem de como me crivou de perguntas relacionadas à quantidade e ao tempo necessários para que o pó surtisse efeito, mas nem me passou pela cabeça que pudesse ter um motivo pessoal para fazê-las.

"Não pensei mais sobre o assunto até que o telegrama do vigário me alcançou em Plymouth. Aquele patife pensou que eu estaria no mar antes que a notícia pudesse me alcançar e que passaria anos perdido na África. Mas voltei imediatamente. Não pude ouvir os detalhes, é claro, sem ter certeza de que meu veneno havia sido usado. Vim procurá-lo para sondar se alguma outra explicação lhe havia ocorrido. Mas não podia haver nenhuma. Eu estava convencido de que Mortimer Tregennis era o assassino. Fizera-o por interesse no dinheiro, e com a ideia, talvez, de que se os outros membros de sua família estivessem todos insanos, ele passaria a ser o único guardião de seus bens comuns. Usando o pé do diabo, levara dois deles à loucura e matara sua irmã Brenda, o único ser humano que já amei e por quem fui amado. Esse era o seu crime; qual devia ser sua punição?

"Deveria eu recorrer à Justiça? Onde estavam as minhas provas? Eu sabia que os fatos eram verdadeiros, mas como levar um júri de compatriotas a acreditar numa história tão fantástica? Eu podia conseguir ou não. Mas não podia arriscar o fracasso. Minha alma gritava por vingança. Já lhe disse uma vez, Mr. Holmes, que passei grande parte de minha vida à margem da lei e acabei por me tornar eu mesmo o juiz de minhas ações. Decidi que o destino que ele dera aos outros deveria ser partilhado por ele mesmo. Ou isso, ou eu faria justiça sobre ele com minhas próprias mãos. Em toda a Inglaterra não pode haver um só homem que atribua menos valor à própria vida que eu neste momento.

"Pronto, já lhe contei tudo. O senhor mesmo descobriu o resto. É verdade que, depois de uma noite insone, como o senhor disse, saí cedo de meu bangalô. Como previ a dificuldade de acordá-lo, colhi um pouco do cascalho do monte que mencionou e joguei-o em sua janela. Ele desceu e me fez entrar pela janela da sala. Expus-lhe o crime que cometera. Disse-lhe que fora ali ao mesmo tempo como juiz e carrasco. O miserável caiu numa cadeira paralisado à vista de meu revólver. Acendi a lâmpada, pus o pó sobre ela e fiquei do lado de fora da janela, pronto para cumprir minha ameaça de lhe dar um tiro se tentasse sair da sala. Em cinco minutos ele morreu. Meu Deus! Como ele morreu! Mas não me condoí, pois ele não suportara nada que minha inocente querida não tivesse sentido antes dele. Esta é a minha história, Mr. Holmes. Talvez, se amasse uma mulher, o senhor tivesse feito o mesmo. De todo modo, estou em suas mãos. Pode tomar as medidas que quiser. Como já disse, não há um só homem vivo que possa temer a morte menos que eu."

Holmes permaneceu algum tempo em silêncio.

"Quais eram seus planos?" perguntou finalmente.

"Eu pretendia me embrenhar na África central. Meu trabalho ali está pela metade."

"Vá e faça a outra metade", disse Holmes. "Eu, pelo menos, não estou disposto a impedi-lo."

A figura gigantesca do dr. Sterndale levantou-se, curvou-se gravemente e afastou-se do caramanchão. Holmes acendeu seu cachimbo e passou-me a tabaqueira.

"Alguns vapores não venenosos parecem uma variação agradável", disse. "Creio que você deve concordar, Watson, que não é um caso em que devamos interferir. Nossa investigação foi independente e nossas ações devem ser independentes também. Você denunciaria o homem?"

"Certamente não", respondi.

"Nunca amei, Watson, mas se amasse e ela tivesse encontrado um fim como esse, talvez tivesse agido como nosso indômito caçador de leões. Quem sabe? Bem, Watson, não vou ofender sua inteligência explicando o óbvio. O cascalho no peitoril da janela foi o ponto de partida da minha investigação. Não se parecia com nada que houvesse no jardim do presbitério. Só quando minha atenção foi atraída para o dr. Sterndale e seu bangalô pude encontrar a origem dele. A lâmpada brilhando em plena luz do dia e os vestígios de pó na lâmina foram elos sucessivos de uma cadeia bastante óbvia. E agora, meu caro Watson, creio que podemos tirar esse assunto da cabeça e voltar, com a consciência tranquila, para o estudo daquelas raízes caldeias que podem sem dúvida ser encontradas no ramo córnico da notável língua celta."

Seu Último Adeus

Um Epílogo de Sherlock Holmes

Eram nove horas da noite do dia dois de agosto – o mais terrível mês de agosto na história do mundo. Poder-se-ia pensar que a maldição de Deus pairava pesadamente sobre um mundo degenerado, pois havia um silêncio aterrador e uma vaga sensação de expectativa na atmosfera opressiva e estagnada. O sol se pusera havia muito, mas um talho cor de sangue, como uma ferida aberta, estendia-se no oeste distante. Acima, as estrelas brilhavam vivamente; abaixo, as luzes das embarcações tremeluziam na baía. Os dois famosos alemães estavam junto do parapeito de pedra da aleia do jardim, tendo atrás de si a casa baixa e comprida, com muitas empenas, e contemplavam, lá embaixo, o vasto trecho da praia aos pés do grande penhasco de greda sobre o qual Von Bork, como uma águia errante, havia se empoleirado quatro anos antes. Com as cabeças muito próximas, conversavam num tom baixo, confidencial. De baixo, as duas pontas incandescentes de seus charutos pareceriam os olhos esbraseados de um espírito maligno a perscrutar as trevas.

Um homem extraordinário, esse Von Bork – um homem a quem dificilmente qualquer outro dos devotados agentes do Kaiser se equiparava. O que primeiro o recomendara para a missão inglesa, a mais importante de todas as missões, haviam sido seus talentos; desde que ele a assumira, porém, esses talentos haviam se tornado cada vez mais patentes para a meia dúzia de pessoas no mundo que estava realmente a par da verdade. Uma delas era seu companheiro nesse momento, o barão Von Herling, o secretário-geral da legação, cujo enorme carro Benz de cem cavalos de potência bloqueava a aleia enquanto aguardava para levar o seu dono de volta para Londres.

"Até onde posso avaliar a tendência dos acontecimentos, você provavelmente estará de volta a Berlim em menos de uma semana", dizia o secretário. "Quando chegar lá, meu caro Von Bork, creio que ficará surpreso com a recepção que lhe será dada. Por acaso sei o que se pensa nas mais altas esferas sobre o seu trabalho neste país." Era um homem enorme, o secretário, volumoso e alto, com uma maneira de falar lenta e pesada que fora seu principal trunfo na carreira política.

Von Bork riu.

"Não é muito difícil enganá-los", observou. "Não se poderia imaginar uma gente mais dócil, mais simplória."

"Isso eu não sei", disse o outro, pensativo. "Eles têm limites estranhos e temos de aprender a observá-los. É essa aparente simplicidade deles que constitui uma armadilha para quem não os conhece. A primeira impressão que temos é que são inteiramente maleáveis. De repente deparamos com alguma coisa muito dura, e sabemos que chegamos ao limite e temos de nos adaptar ao fato. Eles têm, por exemplo, suas convenções insulares que simplesmente *têm* de ser observadas."

"Refere-se ao formalismo e coisas desse tipo?" perguntou Von Bork com um suspiro, como quem sofreu muito.

"Refiro-me ao preconceito britânico em todas as suas extravagantes manifestações. Como exemplo, posso citar uma das maiores tolices que cometi – posso me permitir falar das minhas tolices, porque você conhece meu trabalho bem o bastante para saber de meus êxitos. Foi logo que cheguei. Fui convidado para um fim de semana na casa de campo de um ministro. A conversa era espantosamente indiscreta."

Von Bork inclinou a cabeça. "Conheço isso muito bem", disse com sarcasmo.

"Exatamente. Bem, claro que enviei um resumo das informações para Berlim. Lamentavelmente nosso bom chanceler, que é um pouco desajeitado nesses assuntos, transmitiu um comentário com que mostrava estar ciente do que havia sido dito. Isso, é óbvio, fez as desconfianças recaírem diretamente sobre mim. Você não calcula o mal que isso me fez. Nossos anfitriões britânicos não se mostraram nada maleáveis nessa ocasião. Passei dois anos sofrendo as consequências. Agora você, com essa pose de esportista..."

"Não, não, não chame isso de pose. Pose é algo artificial. Isso é absolutamente natural. Sou um esportista nato. Gosto disso."

"Bem, isso torna a coisa ainda mais eficaz. Você participa de competições de iatismo com eles, caça com eles, joga polo, equipara-se a eles em todos os jogos, seu *four-in-hand* ganha o prêmio no Olympia. Ouvi dizer até que você chega a lutar boxe com os funcionários jovens. Qual é o resultado? Ninguém o leva a sério. Você é um 'boa-praça', um 'sujeito decente para um alemão', um rapaz bom de copo, boêmio, amante da farra. E durante todo o tempo esta sua tranquila casa de campo é o centro de metade das intrigas que se fazem na Inglaterra, e o fidalgo esportista, o mais astuto agente secreto da Europa. Genial, meu caro Von Bork... genial!"

"Você me lisonjeia, barão. Mas posso certamente afirmar que os quatro anos que passei neste país não foram improdutivos. Nunca lhe mostrei meu pequeno depósito. Importa-se de entrar por um momento?"

A porta do gabinete abria diretamente no terraço. Von Bork empurrou-a e, entrando na frente, apertou o interruptor da luz elétrica. Em seguida fechou a porta atrás da corpulenta figura que o seguiu e ajeitou cuidadosamente a cortina pesada sobre a janela coberta por uma treliça. Só quando todos esses preparativos haviam sido feitos e testados ele virou seu rosto aquilino e queimado de sol para o convidado.

"Alguns dos meus papéis já foram", disse. "Quando minha mulher e a criadagem partiram para Flushing quarta-feira passada, levaram os menos importantes consigo. Devo, é claro, solicitar a proteção da embaixada para os outros."

"Seu nome já foi registrado como membro da comitiva pessoal. Não haverá dificuldades para você ou sua bagagem. É perfeitamente possível, é claro, que não precisemos ir. A Inglaterra pode deixar a França entregue à própria sorte. Temos certeza de que não há nenhum tratado imperioso entre elas."

"E a Bélgica?"

"Sim, e a Bélgica também."

Von Bork sacudiu a cabeça. "Não vejo como isso possa ser possível. Há um tratado claramente definido ali. Ela nunca se recuperaria de tal humilhação."

"Ela pelo menos teria paz por enquanto."

"Mas e sua honra?"

"Ora, meu caro, vivemos numa época utilitária. A honra é uma concepção medieval. Ademais, a Inglaterra não está pronta. É inconcebível, mas nem nosso orçamento extraordinário de guerra de cinquenta milhões, que pareceria ter tornado nossa intenção tão clara como se a tivéssemos anunciado na primeira página do *Times*, despertou essa gente de sua modorra. Aqui e ali ouvimos uma pergunta. É minha obrigação encontrar uma resposta. Aqui e ali há também uma irritação. É minha obrigação aplacá-la. Mas posso lhe assegurar que no tocante ao essencial – o armazenamento de munições, o preparo para ataques submarinos, as providências para a fabricação de altos-explosivos – nada está pronto. Sendo assim, como pode a Inglaterra interferir, especialmente quando instigamos essa diabólica guerra civil irlandesa, essas Fúrias quebradoras de vidraças e Deus sabe mais o quê para mantê-la pensando em si mesma?"

"Ela tem de pensar em seu futuro."

"Ah, isso é uma outra questão. Imagino que, para o futuro, temos nossos próprios planos muito claros a respeito da Inglaterra, e que suas informações serão vitais para nós. É hoje ou amanhã para a Inglaterra. Se ela preferir hoje, estamos perfeitamente preparados. Se for amanhã, estaremos ainda mais preparados. Acho que seria mais sensato para eles lutar com aliados do que sem, mas isso é problema deles. Esta semana é fatídica para eles. Mas você estava falando dos seus papéis." Sentou-se na poltrona com a luz reluzindo sobre sua cabeça calva, enquanto fumava tranquilamente o seu charuto.

No canto mais afastado da ampla peça, forrada com lambris de carvalho e cheia de livros, via-se uma cortina pesada. Ao ser afastada, ela revelava um grande cofre com remates de bronze. Von Bork desprendeu uma pequena chave da corrente de seu relógio e, após considerável manipulação da chave, abriu a pesada porta.

"Veja!" disse, afastando-se, com um aceno.

A luz brilhou intensamente sobre o cofre aberto, e o secretário da embaixada fitou com intenso interesse as fileiras de escaninhos cheios que ele abrigava. Cada escaninho tinha um rótulo, e ao passar os olhos por eles leu uma série de títulos como "Passagens", "Defesas de portos", "Aeroplanos", "Irlanda", "Egito", "Fortes de Portsmouth", "O Canal", "Rosyth" e muitos outros. Cada compartimento estava apinhado de papéis e plantas.

"Colossal!" disse o secretário. Pousando o charuto, bateu palmas de leve com suas mãos gorduchas.

"E tudo em quatro anos, barão. Nada mau para o fidalgo rural amante do copo e da equitação. Mas a joia da minha coleção está para chegar e aqui está um lugar pronto para ela." Apontou para um espaço sobre o qual estava escrito "Sinalizações navais".

"Mas você já tem aí um bom dossiê."

"Desatualizado, mero papel usado. De algum modo o Almirantado captou o alarme e todos os códigos foram mudados.

Foi um golpe, barão – o pior revés de toda a minha campanha. Mas graças ao meu talão de cheques e ao bom Altamont tudo ficará bem esta noite."

O barão consultou o relógio e soltou uma exclamação gutural de desapontamento.

"Bem, realmente não posso esperar mais. Pode imaginar que as coisas estão em marcha no momento em Carlton Terrace e que temos de estar todos em nossos postos. Eu esperava poder levar notícias de seu notável grupo. Altamont não mencionou nenhuma hora?"

Von Bork entregou-lhe um telegrama.

> Irei sem falta esta noite e levarei novas velas de ignição.
>
> ALTAMONT

"Velas de ignição, hein?"

"Como vê, ele se faz passar por um especialista em mecânica e eu mantenho uma garagem cheia. Em nosso código tudo que provavelmente virá recebe o nome de alguma peça sobressalente. Se ele fala de radiador, é um couraçado, de uma bomba de óleo, é um cruzador, e assim por diante. Vela de ignição é sinalização naval."

"De Portsmouth ao meio-dia", disse o secretário, examinando o remetente. "A propósito, quanto lhe paga?"

"Quinhentas libras por esse serviço particular. Claro que ele recebe um salário também."

"O velhaco ganancioso. Eles são úteis, esses traidores, mas é de má vontade que lhes dou seu maldito dinheiro."

"Pago Altamont sem má vontade nenhuma. Ele é um trabalhador maravilhoso. Se lhe pago bem, pelo menos ele entrega as mercadorias, para usar a expressão dele próprio. Além disso, ele não é um traidor. Eu lhe asseguro que nosso *Junker* mais pangermânico é uma pombinha em seus sentimentos em relação à Inglaterra se comparado com um irlandês-americano realmente rancoroso."

"Ah, um irlandês-americano?"

"Se você o ouvisse falar, não teria dúvida. Sabe que às vezes mal consigo entender o que diz? Parece ter declarado guerra tanto ao inglês do rei quanto ao rei inglês. Precisa realmente ir? Ele deve chegar a qualquer momento."

"Não, lamento mas já fiquei tempo demais. Vamos esperá-lo amanhã cedo, e quando tiver passado esse livro de sinalização pela portinhola nos degraus do duque de York, você poderá pôr um *Finis* glorioso em sua folha de serviço na Inglaterra. Ora! Tokay!" Mostrou uma garrafa fortemente lacrada e coberta de poeira sobre uma salva, ao lado de dois copos altos.

"Posso lhe oferecer um copo antes de sua viagem?"

"Não, obrigado. Mas pelo visto haverá uma festa."

"Altamont tem um gosto requintado para vinhos e agradou-se de meu Tokay. Ele é um sujeito sensível e é preciso mimá-lo em pequenas coisas. Preciso estudá-lo, eu lhe garanto." Eles haviam saído para o terraço novamente e perambularam por ele até a extremidade em que, a um toque do motorista do barão, o grande carro tremeu e gorgolejou. "Aquelas são as luzes de Harwich, eu suponho", disse o secretário, vestindo seu guarda-pó. "Como tudo parece tranquilo e pacífico. Dentro de uma semana, talvez, haverá outras luzes e a costa da Inglaterra será um lugar menos plácido! O céu, também, não estará talvez tão pacífico se tudo que o bom Zeppelin promete se realizar. A propósito, quem está aí?"

Somente uma janela mostrava uma luz atrás deles; lá dentro via-se um lampião, e ao lado dele, sentada a uma mesa, uma velhinha de rosto corado, uma touca na cabeça. Inclinada sobre seu tricô, parava de vez em quando para afagar um grande gato preto sobre um tamborete a seu lado.

"Aquela é Martha, a única criada que me restou."

O secretário deu uma risadinha.

"Ela poderia quase personificar a Grã-Bretanha", disse, "com seu completo ensimesmamento e um ar geral de serena sonolência. Bem, *au revoir*, Von Bork!" – com um aceno final entrou no carro e um instante depois os dois cones dourados dos faróis projetavam-se na escuridão. Recostado nas almofadas da limusine de luxo, o secretário estava tão absorto em pensamentos sobre a iminente tragédia europeia que mal observou que seu carro, ao rodar pela rua da aldeia, quase colidiu com um pequeno Ford que vinha na direção contrária.

Von Bork caminhou lentamente de volta ao gabinete quando os últimos lampejos das luzes do carro haviam desaparecido na distância. Ao passar, observou que a velha empregada apagara seu lampião e se recolhera. O silêncio e a escuridão daquela ampla casa eram uma experiência nova para ele, pois sua família e criadagem eram grandes. Era um alívio, contudo, pensar que estavam todos em segurança e que, exceto por essa velha que restava na cozinha, tinha o lugar inteiro só para si. Havia muita arrumação a fazer dentro de seu gabinete e ele pôs mãos à obra até que seu rosto arguto e bonito ficou afogueado com o calor dos papéis que queimava. Numa valise de couro, ao lado de sua mesa, começou a dispor, de maneira muito arrumada e sistemática, o precioso conteúdo de seu cofre. Mal começara o trabalho, entretanto, quando seus ouvidos afiados captaram o som de um carro distante. No mesmo instante, com uma exclamação de contentamento, afivelou as correias da valise, fechou o cofre, trancou-o e saiu depressa para o terraço. Chegou exatamente a tempo de ver as luzes de um pequeno carro pararem junto ao portão. Um passageiro saltou e avançou rapidamente na sua direção, enquanto o motorista, um homem corpulento, idoso, com um bigode grisalho, acomodava-se como alguém que está resignado a uma longa vigília.

"E então?" perguntou Von Bork ansiosamente, correndo ao encontro do visitante.

Como resposta, o homem sacudiu triunfalmente um pacotinho de papel pardo acima de sua cabeça.

"Pode me dar os parabéns esta noite, *Mister*", exclamou. "Finalmente estou lhe trazendo a papa-fina."

"As sinalizações?"

"Exatamente o que disse no meu telegrama. Absolutamente todas elas, semáforo, código de lâmpadas, Marconi – uma cópia, veja bem, não o original. Isso seria perigoso demais. Mas é a mercadoria no duro, pode ter certeza", deu um tapa no ombro do alemão com uma familiaridade rude que o fez estremecer.

"Vamos entrar", disse. "Estou completamente sozinho na casa. Só esperava por isso. Claro que uma cópia é melhor que o original. Se um original desaparecesse, eles mudariam a coisa toda. Acha que poderemos usar a cópia com segurança?"

O irlandês-americano havia entrado no gabinete e, aboletado na poltrona, esticara seus longos membros. Era um homem alto e magro de sessenta anos, com traços bem-definidos e um pequeno cavanhaque que lhe dava uma semelhança geral com as caricaturas do Tio Sam. Um charuto semifumado, molhado, pendia-lhe do canto da boca e, ao se sentar, ele riscou um fósforo e o acendeu de novo. "Preparando-se para cair fora?" comentou, olhando à sua volta. "Ouça, *Mister*", acrescentou, quando seus olhos deram com o cofre do qual a cortina estava agora afastada, "não me diga que guarda seus papéis dentro daquilo?"

"Por que não?"

"Meu Deus! Um troço escancarado daquele jeito? E eles pensam que o senhor é um espião. Ora, um ladrão ianque resolveria isso em dois tempos com um abridor de latas. Se eu soubesse que uma carta minha iria ficar solta dentro de um treco desses, teria sido um pateta de lhe escrever."

"Um ladrão teria de quebrar a cabeça para arrombar este cofre", respondeu Von Bork. "Não se consegue cortar esse metal com nenhuma ferramenta."

"Mas e a fechadura?"

"Não, é uma fechadura com dupla combinação. Sabe o que é isso?"

"Necas", disse o americano.

"Bem, é preciso conhecer uma palavra e um conjunto de números para fazer a fechadura funcionar." Levantando-se, mostrou um disco duplo em torno do buraco da fechadura. "O de fora é para as letras, o de dentro para os números."

"Bom, bom, beleza."

"Portanto, não é tão simples como pensou. Mandei fabricá-lo quatro anos atrás, e que palavra e números acha que escolhi?"

"Não faço ideia."

"Bem, escolhi 'agosto' para a palavra e 1914 para os números – veja só."

O semblante do americano mostrou surpresa e admiração.

"Ora, é um lance muito esperto! Muito bem pensado."

"Apesar disso, alguns de nós teríamos podido adivinhar a data. Cá está ela, e estou indo embora amanhã de manhã."

"Bem, acho que terá de me arranjar um lugar para onde ir também. Não vou ficar sozinho nesta porcaria de país. Pelo que vejo, dentro de uma semana, ou menos, a Inglaterra estará em pé de guerra. Prefiro assistir a isso do outro lado do oceano."

"Mas o senhor não é um cidadão americano?"

"Bem, isso Jack James também era, mas está vendo o sol nascer quadrado em Portland. A gente não causa muita impressão num tira inglês dizendo que é cidadão americano. 'Aqui o que vale são a lei e a ordem britânicas', responde ele. Por falar em Jack James, *Mister*, parece que não se esforça muito para proteger os seus homens."

"Que quer dizer?" perguntou Von Bork bruscamente.

"Bem, o senhor é o patrão deles, não é? Cabe ao senhor cuidar para que não sejam apanhados. Mas eles são apanhados, e quando foi que o senhor os ajudou? Houve James..."

"Foi culpa dele mesmo. Sabe disso. Era cabeça-dura demais para o trabalho."

"James era um idiota – admito. Depois houve Hollis."

"O homem era louco."

"Bem, ficou um pouco abilolado no final. Quando um homem tem que representar um papel da manhã à noite, com uma centena de sujeitos todos prontos a alcaguetá-lo à polícia, isso basta para deixá-lo biruta. Mas há também Steiner..."

Von Bork teve um violento sobressalto e seu rosto vermelho ficou um pouco mais pálido.

"Que há com Steiner?"

"Bem, eles o pegaram, só isso. Invadiram a loja dele ontem à noite; agora ele, os papéis dele e o resto estão na cadeia de Portsmouth. O senhor vai embora e o pobre-diabo terá de pagar o pato; só escapará vivo com muita sorte. É por isso que quero me ver longe daqui assim que o senhor viajar."

Von Bork era um homem forte, controlado, mas era fácil perceber que a notícia o abalara.

"Como ficaram sabendo sobre Steiner?" murmurou. "Este foi o pior golpe até agora."

"Bem, quase recebeu um pior, porque acredito que não estão longe de mim."

"Não está falando sério!"

"Seriíssimo. Andaram fazendo umas perguntas a minha senhoria em Fratton – quando soube disso vi que era hora de me mandar. Mas o que quero saber, *Mister*, é: como os tiras ficam sabendo dessas coisas? Steiner foi o quinto homem que perdeu desde que me contratou e sei o nome do sexto se não cair fora. Como explica isso? Não se envergonha de ver seus homens caindo dessa maneira?"

Von Bork ficou rubro.

"Como ousa falar assim comigo?"

"Se eu não fosse ousado, *Mister*, não estaria a seu serviço. Mas vou lhe dizer francamente o que penso. Ouvi falar que vocês, políticos alemães, depois que um agente termina o seu serviço, não têm pena nenhuma de vê-lo esticar a canela."

Von Bork levantou-se de um salto.

"Atreve-se a sugerir que eu mandei matar meus próprios agentes?"

"Não disse isso, mas há um delator ou uma cilada em algum lugar, e cabe ao senhor descobrir onde. Seja como for, não vou me arriscar mais. A pequena Holanda me espera, e quanto antes, melhor."

Von Bork havia dominado sua raiva.

"Fomos aliados por tempo demais para brigarmos agora, na hora da vitória", disse. "O senhor fez um esplêndido trabalho, arriscou-se e não posso me esquecer disso. Sem dúvida, vá para a Holanda, e poderá pegar um navio de Rotterdam para Nova York. Daqui a uma semana, nenhuma outra linha será segura. Vou pegar esse livro e embalá-lo com o resto."

O americano tinha o pequeno pacote na mão, mas não fez menção de entregá-lo.

"E os cobres?" perguntou.

"O quê?"

"A gaita. A recompensa. As quinhentas libras. O artilheiro endureceu o jogo no final, e tive de amansá-lo com cem dólares a mais, ou as coisas ficariam pretas para o senhor e para mim. 'Nada feito', disse ele, e falava sério, mas os últimos cem o amaciaram. Como a coisa me saiu por duzentas libras, do princípio ao fim, é pouco provável que eu abra mão dele sem receber a minha bolada."

Von Bork sorriu com alguma amargura. "Parece não ter uma opinião muito elevada da minha honra", disse, "quer o dinheiro antes de me entregar o livro?"

"Bem, *Mister*, negócios são negócios."

"Muito bem. Como queira." Sentou-se à mesa e preencheu um cheque, que destacou do talão, mas não o entregou ao companheiro. "Afinal, já que estamos nesses termos, Mr. Altamont", disse, "não vejo por que eu deveria confiar no senhor mais do que confia em mim. Entende?" acrescentou, olhando para trás, por sobre o ombro, para o americano. "Cá está o cheque, sobre a mesa. Reivindico o direito de examinar esse pacote antes que o senhor pegue o dinheiro."

O americano entregou o livro sem uma palavra. Von Bork desfez um laço de barbante e um duplo invólucro de papel. Em seguida contemplou por um instante, em silencioso pasmo, o livrinho azul que tinha diante de si. Na capa estava escrito, em letras douradas: *Manual prático de apicultura*. O consumado espião só fixou os olhos por um segundo nessa inscrição estranhamente irrelevante. No segundo seguinte, foi agarrado pela nuca por uma mão de ferro e uma esponja embebida em clorofórmio foi pressionada contra o seu rosto contorcido.

"Mais um copo, Watson!" disse Mr. Sherlock Holmes, estendendo a garrafa de Imperial Tokay.

O motorista gorducho, que se sentara à mesa, empurrou seu copo com certa avidez.

"É um bom vinho, Holmes."

"Um vinho excepcional, Watson. Nosso amigo ali no sofá garantiu-me que é de uma adega especial de Francisco José no Palácio Schoenbrunn. Você faria a gentileza de abrir a janela? O vapor de clorofórmio não ajuda o paladar."

O cofre estava entreaberto e Holmes, postado diante dele, removia dossiê após dossiê, examinando rapidamente cada um e acondicionando-o em seguida, ordenadamente, na valise de Von Bork. O alemão, estendido no sofá, dormia um sono estertoroso, braços e pernas amarrados com correias.

"Não precisamos nos apressar, Watson. Com certeza não sofreremos interrupção. Importa-se de tocar a campainha? Não há ninguém na casa exceto a velha Martha, que representou seu papel admiravelmente. Consegui este emprego para ela assim que comecei a tratar deste caso. Ah, Martha, você ficará feliz em saber que tudo está bem."

A agradável velhinha aparecera à porta. Curvou-se para Holmes, com um sorriso, mas olhou com certa apreensão a figura no sofá.

"Está tudo certo, Martha. Ele não sofreu nenhum ferimento."

"Foi agarrado pela nuca por uma mão de ferro e uma esponja embebida em clorofórmio foi pressionada contra o seu rosto contorcido."
[A. Gilbert, *Strand Magazine*, 1917]

"Isso me deixa feliz, Mr. Holmes. À sua maneira, foi um bom patrão. Queria que eu fosse com a mulher dele para a Alemanha ontem, mas isso certamente não se encaixaria nos seus planos, não é, senhor?"

"Realmente não, Martha. Enquanto você estivesse aqui, eu estava tranquilo. Esperamos algum tempo pelo seu sinal hoje à noite."

"Foi o secretário, senhor."

"Eu sei. O carro dele passou pelo nosso."

"Pensei que ele nunca mais iria embora. Sabia que não conviria aos seus planos encontrá-lo aqui, senhor."

"Não, de fato. Bem, isso só significou que tivemos de esperar uma meia hora até que finalmente vi seu lampião se apagar e soube que não havia mais perigo à vista. Pode me procurar amanhã em Londres, Martha, no Claridge Hotel."

"Ótimo, senhor."

"Suponho que está com tudo pronto para partir."

"Sim, senhor. Ele enviou sete cartas hoje; tenho os endereços, como de costume."

"Muito bem, Martha. Vou examiná-los amanhã. Boa noite. Estes papéis", continuou, enquanto a velha senhora saía, "não são de grande importância, pois, evidentemente, as informações que representam já foram enviadas há muito para o governo alemão. Eles são os originais, que não podiam sair do país em segurança."

"Então não servem para nada."

"Eu não chegaria a dizer isso, Watson. Eles servirão pelo menos para mostrar ao nosso povo o que eles sabem e o que não sabem. Posso dizer que boa parte desses papéis chegou aqui por meu intermédio, e não preciso acrescentar que são inteiramente indignos de confiança. Seria uma alegria na minha velhice ver um cruzador alemão navegar o Solent de acordo com o plano dos campos minados que forneci. Mas você, Watson", parou seu trabalho e segurou o velho amigo pelos ombros, "ainda não o vi direito à luz. Como os anos o trataram? Parece o mesmo garoto alegre de sempre."

"Sinto-me vinte anos mais jovem, Holmes. Raras vezes me senti tão feliz como ao receber o seu telegrama pedindo-me para ir encontrá-lo em Harwich com o carro. Mas você, Holmes... você mudou muito pouco... exceto por esse cavanhaque horroroso."

"São os sacrifícios que fazemos por nosso país, Watson", disse Holmes, puxando a barbicha. "Amanhã ela não passará de uma medonha lembrança. Com o cabelo cortado e algumas outras mudanças superficiais, reaparecerei sem dúvida amanhã no Claridge como era antes deste cambalacho americano... perdoe-me, Watson, meu inglês parece ter ficado definitivamente corrompido – antes que este serviço americano me aparecesse."

"Mas você havia se aposentado, Holmes. Tivemos notícias de que vivia como um ermitão entre suas abelhas e seus livros numa pequena granja nos South Downs."

"Exatamente, Watson. Aqui está o fruto de meu ócio, o *magnum opus* de minha velhice!" Pegou o volume na mesa e leu o título inteiro: *Manual prático de apicultura, com algumas observações sobre a segregação da rainha*. Sozinho o fiz. Contemple o fruto de noites de reflexão e dias de trabalho, quando eu vigiava os pequenos bandos laboriosos como outrora o mundo criminal de Londres."

"Mas como voltou a trabalhar?"

"Ah, eu mesmo me espantei com isso muitas vezes. Apenas ao ministro das Relações Exteriores eu teria podido resistir, mas quando o premiê também se dignou visitar meu humilde teto...! O fato, Watson, é que esse cavalheiro aí no sofá era um bocadinho bom demais para o nosso pessoal. Pertencia a uma categoria à parte. As coisas estavam dando errado, e ninguém conseguia entender por quê. Agentes despertavam desconfiança e até eram apanhados, mas havia indícios de uma força central grande e secreta. Era absolutamente necessário desmascará-la. Fizeram forte pressão sobre mim para que examinasse o problema. Isso me custou dois anos, Watson, mas não lhes faltou emoção. Se eu lhe disser que comecei minha peregrinação em Chicago, diplomei-me numa sociedade secreta irlandesa em Buffalo, causei graves problemas à polícia em Skibbereen e assim acabei chamando a atenção de um agente subordinado de Von Bork, que me recomendou como um homem aparentemente adequado, você avaliará a complexidade do caso. Desde então fui honrado com a confiança dele, o que não impediu que a maioria de seus planos desse sutilmente errado e cinco de seus melhores agentes fossem presos. Eu os vigiava, Watson, e os apanhava quando estavam maduros. Bem, senhor, espero que esteja se sentindo melhor!"

Esta última observação foi dirigida ao próprio Von Bork, que depois de muito ofegar e pestanejar, ficara deitado quieto, ouvindo a declaração de Holmes. Nesse instante irrompeu numa torrente furiosa de invectivas alemãs, o rosto convulsionado de raiva. Holmes continuou seu rápido exame de documentos enquanto seu prisioneiro praguejava.

"Embora pouco melodioso, o alemão é a mais expressiva das línguas", comentou, quando Von Bork parou de pura exaustão. "Veja só!" acrescentou, enquanto fixava os olhos no canto de uma cópia, antes de pô-la na caixa. "Isso poderia pôr mais um passarinho na gaiola. Eu não tinha a menor ideia de que o tesoureiro era um tamanho biltre, embora estivesse de olho nele há muito tempo. Terá de responder por muita coisa, senhor Von Bork."

O prisioneiro levantara-se do sofá com alguma dificuldade e olhava para seu captor com uma estranha mistura de pasmo e ódio.

"Ainda vou ajustar contas com você, Altamont", disse, falando com lenta deliberação, "mesmo que isso me custe a vida, vou ajustar contas com você!"

"A velha cantilena", disse Holmes. "Quantas vezes já a escutei nos velhos tempos. Era uma das favoritas do pranteado professor Moriarty. O coronel Moran também sabia entoá-la muito bem. Apesar disso, continuo vivo e crio abelhas nos South Downs."

"Maldito seja você, seu agente duplo!" gritou o alemão, forçando as correias que o amarravam, os olhos fuzilando com uma fúria assassina.

"Não, não, não é tão mau assim", disse Holmes, sorrindo. "Como certamente está vendo pela minha maneira de falar, Mr. Altamont de Chicago nunca existiu. Usei-o e ele desapareceu."

"Então quem é você?"

"Na verdade não importa quem eu seja, mas, como o assunto parece interessá-lo, Mr. Von Bork, posso lhe dizer que esta não é a primeira vez que entro em contato com membros de sua família. Trabalhei muito na Alemanha no passado e provavelmente meu nome lhe é familiar."

"Gostaria de saber qual é", disse o prussiano secamente.

"Fui eu que provoquei a separação entre Irene Adler e o finado rei da Boêmia quando seu primo Heinrich era o enviado imperial. Fui eu também que impedi que o niilista Klopman assassinasse o conde Von und Zu Grafenstein, o irmão mais velho da sua mãe. Fui eu que..."

Von Bork empertigou-se, espantado.

"Só há um homem", exclamou.

"Exatamente", disse Holmes.

Von Bork gemeu e caiu de novo no sofá. "E a maior parte da informação veio por seu intermédio", exclamou. "Que valor tinha isso? Que foi que eu fiz? Estou arruinado para sempre!"

"Sem dúvida ela não é lá muito confiável", disse Holmes. "Exigirá alguma verificação e o senhor tem pouco tempo para isso. Talvez seu almirante descubra que os novos canhões são maiores do que esperava, e os cruzadores ligeiramente mais rápidos."

Desesperado, Von Bork segurou o próprio pescoço.

"Há muitas outras questões de detalhe que sem dúvida virão à luz com o tempo. Mas o senhor tem uma qualidade muito rara num alemão, Mr. Von Bork; tem espírito esportivo e não me terá nenhum rancor quando descobrir que o senhor, que ludibriou tanta gente, foi finalmente, o senhor mesmo, ludibriado por mim. Afinal, fez o melhor que podia pelo seu país e eu fiz o melhor pelo meu – que poderia ser mais natural? Ademais", acrescentou, com certa delicadeza, pousando a mão no ombro do homem prostrado, "antes isso que cair diante de um adversário mais ignóbil. Estes papéis estão prontos agora, Watson. Se me ajudar com nosso prisioneiro, creio que podemos partir para Londres imediatamente."

Não foi fácil remover Von Bork, porque era um homem forte e estava desesperado. Por fim, segurando-o por ambos os braços, os dois amigos o arrastaram muito lentamente pela aleia do jardim que ele trilhara com tanta confiança ao receber as congratulações do famoso diplomata apenas algumas horas antes. Depois de uma breve luta final, ele foi içado, ainda de mãos e pés atados, para o assento sobressalente do pequeno carro. Sua preciosa valise foi enfiada à força ao seu lado.

"Espero que esteja tão confortavelmente instalado quanto as circunstâncias o permitem", disse Holmes quando os arranjos

"Segurando-o por ambos os braços, os dois amigos o arrastaram muito lentamente pela aleia do jardim." [A. Gilbert, *Strand Magazine*, 1917]

finais foram feitos. "Eu estaria sendo inconveniente se acendesse um charuto e o pusesse entre seus lábios?"

Mas nenhuma gentileza abrandava o irritado alemão.

"Suponho que compreende, Mr. Sherlock Holmes", disse ele, "que, se seu governo o apoiar neste tratamento, isto se tornará um ato de guerra."

"E que me diz do seu governo e de todo este tratamento?" retrucou Holmes, dando uma batidinha na valise.

"O senhor não é uma autoridade. Não tem um mandado para me prender. Todo este procedimento é absolutamente ilegal e ultrajante."

"Absolutamente", disse Holmes.

"Sequestro de um súdito alemão."

"E roubo de seus papéis privados."

"Bem, o senhor percebe sua posição, o senhor e seu cúmplice aqui. Se eu gritar pedindo socorro quando passarmos pela aldeia..."

"Meu caro senhor, se cometesse uma tolice desse tipo iria provavelmente aumentar os nomes limitados demais de nossos albergues de aldeia, dando-nos tabuletas com os dizeres: 'O prussiano pendente.' O inglês é uma criatura paciente, mas neste momento seu ânimo anda um pouquinho exaltado e seria melhor não provocá-lo muito. Não, Mr. Von Bork, o senhor irá conosco, silenciosa e sensatamente, até a Scotland Yard, onde poderá chamar seu amigo, o barão Von Herling, e ver se ainda pode ocupar aquele lugar que ele lhe reservou na comitiva diplomática. Quanto a você, Watson, como, pelo que sei, se alistará em sua antiga função, Londres não estará fora do seu caminho. Fique um pouco comigo aqui no terraço, pois talvez esta seja a última conversa tranquila que tenhamos."

Os dois amigos conversaram intimamente por alguns minutos, relembrando mais uma vez os dias do passado enquanto seu prisioneiro se contorcia em vão para desfazer as amarras que o prendiam. Quando se voltaram para o carro, Holmes apontou para o mar iluminado pela lua e sacudiu a cabeça, pensativo.

"Um vento leste se aproxima, Watson."

"Acho que não, Holmes. Está quente."

"Meu bom e velho Watson! Você é o único ponto fixo numa era em transformação. Mesmo assim, um vento leste se aproxima, um vento como nunca soprou na Inglaterra. Será frio e implacável, Watson, e muitos de nós poderemos perecer sob seu sopro. Apesar disso, é o vento do próprio Deus, e o sol iluminará uma terra mais limpa e mais forte quando a tempestade tiver passado. Dê a partida, Watson, porque é hora de estarmos a caminho. Tenho um cheque de quinhentas libras que deve ser descontado cedo, pois o emitente é muito capaz de sustar seu pagamento, se puder."

1ª EDIÇÃO [2016] 1 reimpressão

ESTA OBRA FOI COMPOSTA POR MARI TABOADA EM KINGFISHER E IMPRESSA EM OFSETE PELA GEOGRÁFICA SOBRE PAPEL PÓLEN SOFT DA SUZANO S.A. PARA A EDITORA SCHWARCZ EM SETEMBRO DE 2021

FSC
www.fsc.org
MISTO
Papel produzido a partir de fontes responsáveis
FSC® C019498

A marca FSC® é a garantia de que a madeira utilizada na fabricação do papel deste livro provém de florestas que foram gerenciadas de maneira ambientalmente correta, socialmente justa e economicamente viável, além de outras fontes de origem controlada.